Varianti

collana diretta da Sara Rattaro e Mauro Morellini

Roberta Zanzonico

La bellezza rimasta

Copyright 2022 © Morellini Editore
by Enzimi Srl
viale Zara 9 - 20159 Milano
tel. 02/87383764
www.morellinieditore.it
facebook: morellinieditore
instagram: @morellinieditore

In accordo con agenzia EditReal

Immagini di copertina: Roberta Coni, *Erasing herself*,
200x140cm, olio su tela, 2010

Editing: Saschia Bettio

ISBN: 978-88-6298-978-7
Data di pubblicazione: ottobre 2022

A Igor

1

Caro amore,

tra poche settimane me ne andrò. Lo dico senza crederci, perché spero ancora che tu mi dirai che non c'è motivo di lasciarti o di lasciare questi posti. O se invece c'è bisogno di un luogo diverso per iniziare di nuovo. Vorrei poter ricominciare, e quando lo penso mi appari già così lontano da non poterti afferrare. Sono due mesi che non ci vediamo e questo tempo sottile che ci separa sembra già aver creato distanze impercorribili. Quanto dovremo aspettare per dimenticarci e ricominciare? Eppure, credo che quel che ci ha legati non si perderà ma si modificherà, prenderà altre forme, e mi chiedo quali io sia disposta ad accettare.

«Sessant'anni» un sussurro fuoriuscì dalle labbra sottili.

La Signora Chiara osservava il ciliegio attraverso la finestra, quando si ritrovò invecchiata tutta d'un tratto. L'albero era coperto da fiori bianchi, che sbocciavano ogni anno in primavera intorno alla data del suo compleanno, come a ricordarle il tempo che passava. Si voltò verso suo marito e lo vide accendere il televisore, senza cambiare mai canale. Lo faceva da tanto, da quando la vita si era consumata, per poi ridursi a una banale anzianità. Il Signor Antonio affondava nella poltrona di pelle logorata dagli anni e segnata dal peso del suo corpo. Ogni mattina appena sveglio accendeva il televisore, senza l'intenzione di guardarlo. Era per via del rumore che non lo spegneva: non gli piaceva il silenzio e lo spazio che questo avrebbe lasciato alle possibili conversazioni con la moglie. Lo sguardo si perdeva lontano, oltre le punte dei piedi incrociate sul tappeto, per poi spingersi in un posto indefinito, che la Signora Chiara chiamava *la sua solitudine*.

Gli era rimasta accanto, come un cane fedele. In quarant'anni solo in saltuari momenti aveva abbaiato nel cercare le sue mani, lo sguardo o il cuore; lui una volta le aveva grattato il collo, un'altra tirato la palla, e lei si era convinta che le rare attenzioni sarebbero potute bastare. Il Signor Antonio era un uomo di fine intelligenza, ma ciò che colpiva lo sguardo altrui era la figura maestosa, che ricordava i canoni di bellezza delle sculture greche e che avrebbe potuto definirsi perfetta se non fosse stato per un piccolo angioma che gli macchiava la guancia destra. Fin dai tempi del fidanzamento aveva offerto alla Signora Chiara una vita interessante, quella che lei non aveva mai avuto fino ad allora. Tuttavia, con gli anni, il marito si fece sempre più schivo, e infine quelle carezze scomparvero insieme a lui. Fu allora che la Signora Chiara capì che avrebbe passato il resto dell'esistenza senza far rumore, riempendo lo spazio di una vita con la presenza del Signor Antonio. Lui si era donato nella stessa forma in cui un quadro si lascia fruire. Lei non aveva mai fatto parte di quel disegno, di quella vita che aveva accolto, ma ne era stata spettatrice silenziosa. Alla soglia dei settant'anni aveva perso un centimetro di altezza, portava i capelli ormai fini e grigi raccolti in una crocchia dietro alla nuca. Una grave forma di artrite le aveva colpito le mani e deformato le dita; in quarant'anni di matrimonio era ingrassata solo di due chili, e distribuiva sia il peso, che il tempo passato, sul ventre morbido e triste. Il marito non si era accorto di nessuno di questi cambiamenti, era da troppo tempo che non la guardava più. La donna rivolse di nuovo lo sguardo al ciliegio e d'un tratto rivide tutti gli anni passati, si chiese se il loro fosse mai stato amore, domanda alla quale, in passato, non aveva voluto dare risposta. Con le dita deformate cercò a fatica le labbra sottili. Avrebbe voluto essere baciata, avere un uomo che cercasse quelle labbra, che le pretendesse, che le amasse, seppur solo per una notte. Si diresse verso la camera da letto e si osservò nello specchio nascosto dentro l'anta del suo armadio. Si guardò con attenzione e scoprì che era ancora una donna e che era ancora viva. Comprese che forse, dopo aver ammirato per tanto quel quadro che portava il nome di suo marito, era giunto il tempo di dipingere il quadro di Chiara. Fece scivolare i bottoni bianchi della camicetta fuori dalle asole, scoprì le spalle strette e poi, lasciando cadere la camicia a terra, si voltò un istante per vedersi la schiena, ormai leggermente incurvata. Mise le mani sul ventre sterile, chiuse gli occhi e si sbottonò i pantaloni di lino blu, che caddero sulle caviglie sottili. Riaprì le palpebre di carta crespa e lo sguardo cadde là dove lui non era più stato. Avrebbe desiderato fare l'amore, o anche solo sesso e in quel momento sentì che c'era ancora della bellezza in lei. Due gemme blu, minuscole, scomparivano nel viso.

«I tuoi occhi hanno dentro il mare», le aveva detto una volta, perso nel suo sguardo, il Signor Antonio, e ora quei due zaffiri blu, le sembravano quanto di più bello le fosse rimasto. Allora si rivestì, questa volta di fretta. Cercò nell'armadio la valigia con cui non aveva mai viaggiato, gettando al suo interno poco vestiario e pochi averi. Calzò le scarpe buone, quelle della domenica, e svelta chiuse il bagaglio. Il rumore dei tacchi l'accompagnò fino alla porta del salotto, dove il Signor Antonio sedeva di fronte al televisore con gli occhi altrove.

«Me ne vado» gli disse, o forse lo disse a se stessa; aspettò che si voltasse, ma il marito parve non sentire.

«Ho detto che me ne vado.»

«Ho capito» replicò lui, con tono stanco. Non si girò. Non vide per l'ultima volta quei piccoli occhi blu. E lei, che non piangeva più da molti anni, sentì gli occhi riempirsi di lacrime, ma erano lacrime di gioia: ebbe il presentimento che avrebbe potuto essere felice. Non prese le chiavi per rientrare, chiuse la porta e se ne andò.

Con la valigia in mano, camminò fino alla stazione ferroviaria, che distava poche centinaia di metri. Spesso aveva sentito i treni passare e aveva respirato l'odore acre dell'olio bruciato dei freni, che quattro volte al giorno, due alla mattina e due alla sera, impestava l'area circostante. Tante volte si era chiesta dove andassero quelle persone che lasciavano Filaccione per non tornarvi più. Immaginava angoli di mondo sconosciuti, volti esotici, sapori nuovi e avventure che lei non avrebbe mai vissuto. In settant'anni aveva sperato che un giorno sarebbe partita anche lei per un luogo lontano. L'idea la rese euforica, trattenne a stento risolini di allegria mentre avanzava verso la stazione. Le scarpe le andavano strette, doveva essere per via dell'artrite che le aveva danneggiato i piedi, deformi anch'essi come le mani. Era da tanto che non metteva le scarpe buone, e ora che l'occasione era arrivata, la Signora Chiara avanzò tra un sorriso e una lacrima di gioia, cercando con la mente di distogliere l'attenzione dal dolore che sentiva più forte a ogni passo. Indolenzita e felice, arrivò alle porte della stazione. Alzò così i piccoli occhi blu verso la facciata decadente su cui dominava l'insegna annerita dall'incuria e dai gas di scarico delle automobili.

Stazione di Filaccione.

Il Signor Giovanni, attraverso il vetro della biglietteria, vide la figura della donna minuta e curva avvicinarsi a piccoli passi dalla porta scrostata dell'ingresso. Aggrottò la fronte e con un movimento della bocca scosse i baffi. Giunta di fronte a lui, la Signora Chiara estrasse dalle tasche poche banconote accartocciate e le porse all'uomo, senza però dire una parola. L'espressione sul volto mutò nel giro di pochi istanti e l'allegria che l'aveva accompagnata lungo il tragitto era sparita. Dapprima immaginò un posto lontano, un angolo di mondo in cui nessuno l'avrebbe mai trovata, ma bastò poco per ricordare a se stessa che nessuno si sarebbe preso la briga di cercarla. Non il marito distratto, non i figli che non avevano avuto, non la famiglia con cui aveva tagliato qualsiasi rapporto per via del consorte burbero. Assorta in quei pensieri, si voltò dirigendosi verso la banchina alle sue spalle. Poggiò la valigia, si tolse le scarpe strette e una volta sedutasi sulla panca il volto si irrigidì in una smorfia disperata; ripensò agli anni passati, alle distanze che non avrebbe percorso per non lasciare il marito. Nel frattempo, il Signor Giovanni, con lo sguardo sempre più corrucciato, era uscito dal chiosco della biglietteria e si era seduto accanto al lei.

«Signora, mi ha dato questi soldi ma non mi ha detto che biglietto vuole… dove sta andando?» ma non riuscì nemmeno a finire la frase che vide il viso della donna deformarsi e gli occhi azzurri rigarsi di lacrime.

«Signora sta bene?» Ci fu un momento di silenzio.

«Signora Chiara aspetti qui, l'ambulanza verrà a prenderla.»

«E lei come fa a sapere il mio nome?» chiese con sguardo alienato.

«Signora non si ricorda? Era qui solo due settimane fa, sono Giovanni!»

«Ma… ma… Ma che dice Giovanni? Io non sono mai venuta qui.»

«Non c'è nessuno in biglietteria?» una voce accompagnata dal campanellino di chiamata li distrasse. Un uomo vestito a lutto, seguito da tre donne anch'esse vestite di nero, si avvicinò alla banchina.

«Signor Giovanni, la prego, faremo tardi…»

«Dannazione, ma non vede chi ho qui? E comunque c'è tempo!»

L'uomo cercò di mettere a fuoco il volto della donna e d'un tratto sgranò gli occhi, ma il bigliettaio anticipò la sua risposta.

«È la Signora Chiara, quella partita di testa!»

«Partita di testa», ripeté lei a denti stretti e di scatto si alzò con un'espressione disperata. Un fischio li interruppe e la campanella annunciò l'arrivo del treno sul primo binario. «Dannazione!»

Il treno era in fase di rallentamento, tuttavia il rumore dei freni non riusciva a coprire il pianto straziante che travolse la Signora Chiara. Alla vista del convoglio il Signor Giovanni temette il peggio: la donna era confusa e disperata, e se si fosse uccisa? Immaginò la polizia, l'ambulanza e il feretro portare via le spoglie di quel povero corpo. La donna fece un passo in avanti e il biglietaio scattò in piedi e con le braccia tozze la cinse dalle spalle per immobilizzarla, ma di rimando lei iniziò a scalciare al punto da sembrare incontenibile.

«Mi aiuti, dannazione! Che diavolo fa lì impalato?» gridò all'uomo vestito a lutto che rimase di marmo, mentre le tre accompagnatrici, sconvolte, cominciarono a pregare. Il fischio e la campanella divennero sempre più assordanti e a queste si aggiunse il suono stridulo delle sirene dell'ambulanza.

«Signori, fate spazio…»

L'arrivo dei soccorritori distrasse il Signor Giovanni giusto un istante e in quel momento un urlo di dolore uscì da sotto i baffi dell'uomo, che mollò la presa e iniziò a imprecare portandosi il braccio al petto. Alla vista degli uomini in divisa sanitaria, la Signora Chiara si agitò ancor di più. Scalciò, morse e sputò, tanto che ci volle una forza disumana per trascinarla via. Quando l'ambulanza si allontanò con le sirene ululanti accese, il Signor Giovanni si accorse del morso che gli aveva fatto sanguinare il braccio destro.

"E se avesse la rabbia?" Pensò preoccupato.

Nell'ospedale di Filaccione, la Signora Chiara fu messa a riposare con un'iniezione di sedativi, che la fecero dormire per ore. Al suo risveglio non ricordò più della fuga, delle scarpe strette rimaste alla stazione e del morso inflitto al braccio del Signor Giovanni. Il medico di turno riconobbe i piccoli occhi azzurri, la demenza e la disperazione che l'avevano portata in quello stesso ospedale solo due settimane prima.

«Signora si sente meglio?»

«Do-dove sono?»

«In ospedale»

«Sto male?» disse lei guardandosi intorno.

Il dottore contrasse le labbra e corrugò la fronte, incerto su cosa dire. Solo due settimane prima aveva parlato con la Signora Chiara e con il marito, aveva spiegato a entrambi che il male di cui ella soffriva da dieci anni era incurabile e che forse stava peggiorando per via dell'età. «È possibile che ci sia una qualche forma di demenza che stia aggravando il quadro, certo che è difficile da dire, la Signora non aveva mai provato prima a fuggire?» Il Signor Antonio aveva scosso la testa, come a voler dire di no, anche se ricordava di aver intravisto in passato la moglie piangere in camera, prendere la valigia e poi rimetterla a posto, o a volte piegare i suoi abiti all'interno, per poi disfare il tutto e tornare sconfitta in cucina a preparare la cena. Il dottore aveva chiarito che a volte con la demenza poteva essere difficile controllare gli impulsi repressi e chissà se la Signora Chiara non fosse peggiorata al punto di non saper più contenere quel che aveva soffocato in passato. Aveva infine aggiunto che altri medici avrebbero consigliato il manicomio ma che lui personalmente non credeva in quell'istituzione e guardava con ottimismo coloro che inneggiavano allo smantellamento di tali strutture. In lui rimanevano vivi i ricordi di un periodo di tirocinio in un manicomio a un'ora da Filaccione, e ancora rammentava l'odore stantio di urina e le grida dei degenti durante le cosiddette terapie. Guardò impietosito i piccoli occhi azzurri, si tirò su gli occhiali verso la radice del naso e per la seconda volta decise che per la Signora Chiara non era arrivato il momento di essere rinchiusa in un posto del genere.

«Signora, noi la mandiamo a casa, ma se questa storia della stazione si ripete, dovremo trovare una soluzione, lo capisce?»

«Ma di che sta parlando? Non sono mai andata alla stazione, mai una volta in vita mia, non è che mi sta confondendo con qualche altra persona?» chiese sgomenta. "Questi sono tutti matti…"

L'infermiere entrò senza bussare.

«Il marito della signora è qui.»

Il Signor Antonio, in piedi davanti alla porta, vide la moglie, ma non sorrise, fece solo un cenno con la testa e lei, di scatto, s'alzò. Le aveva portato da casa un paio di scarpe, era stato l'infermiere a dirgli che fosse scalza. La Signora Chiara non ricordava delle scarpe buone lasciate sulla banchina dei treni, e si infilò quelle vecchie senza esitazione. Si avvicinò al marito taciturno, lo prese a braccetto e con la fronte si appoggiò delicatamente alla spalla.

«Non dovevi disturbarti, non so cosa sia successo, mi sembrano tutti pazzi.»

Lui parve crucciato più del solito. Aveva sperato che la moglie se ne andasse e per sempre, che prendesse un treno per un posto lontano dal quale non sarebbe più tornata; forse solo in quel modo anche lui avrebbe potuto ricominciare, ma era la seconda volta che capitava in quindici giorni, e aveva perso le speranze: la moglie non avrebbe mai preso quel treno. Tornarono a casa senza parlare. La Signora Chiara rimase in silenzio, come se avesse capito che il marito non voleva essere disturbato, ne sentiva la gravità, e la accettava senza obiettare. Il Signor Antonio aprì la porta di casa e lei, a testa basta, lo seguì.

A volte accetto che questa lontananza sia per sempre, e cerco un modo di essere felice, perché a soli vent'anni la vita dovrebbe ancora sembrare leggera. E poi qualcosa mi ricorda di come eravamo noi, e sento sgretolarmi dentro, e mi manchi. L'altro giorno sono andata agli alimentari di Morfia, dove siamo passati solo un paio di volte di ritorno dalla spiaggia. Avevo dimenticato che eravamo stati lì, in questo periodo sono stata ben attenta a evitare ogni posto che potesse ricordarmi di noi. Indossavo un abito di lino bianco e il rossetto rosso; mi sentivo una diva del cinema. Ci è voluto un po' per prendermi cura di me da quando ci siamo lasciati, e quel giorno mi dava felicità guardarmi nelle vetrine e vedere che mi ero fatta bella per me e non per te. Per poco, mi è parso di essere distante dai giorni trascorsi insieme. E proprio mentre mi illudevo di aver trovato un modo per andare avanti, il garzone mi ha chiesto: «Sola oggi?», e ha sorriso. Io, invece, ho sentito qualcosa nel petto sciogliersi, per poi provare una timida tenerezza nel sapere che, almeno nella sua memoria, tu e io non ci eravamo mai lasciati. Non ho avuto il tempo di rispondere, perché la dolcezza mi aveva sopraffatta. Avrei voluto dirgli che prendevo il pane per te, che mi aspettavi fuori. Ma devo essere rimasta in silenzio con un'espressione assente, perché me lo ha chiesto di nuovo. «Allora sola?». Sono riuscita solo ad annuire. Sono uscita con gli occhi bassi e le lacrime a rigarmi le guance. Ho pensato di tornare, solo per sentire di nuovo la stessa domanda, per illudermi che tu fossi davvero fuori ad aspettarmi, ma poi ho desistito perché la nostalgia si è fatta più pungente da quel giorno e non so quanto riuscirò a sopportare di esserti distante se continuerò ad andare lì.

2

Molti anni prima, l'allora Signorina Chiara aveva intravisto per la prima volta il giovane Antonio sul lungomare: i capelli ricci e neri, la pelle scura per via del sole, le mani callose, e gli occhi grandi persi altrove. Quando suo cugino, un pescatore come lui, li presentò durante una festa di paese, le tremarono le mani. Continuò a tremare per mesi ogni volta che gli fu accanto. Il Signor Antonio veniva da un lontano paesino di mare, e di lui non si sapeva granché, eccetto che passasse molto tempo da solo a pescare o a costruire barche. Qualcuno raccontava che era arrivato a Filaccione a seguito di un naufragio, dopo aver passato mille sfortune. Era stato trovato sulla spiaggia in uno stato delirante. Parlava di posti inesistenti e urlava il nome di una donna, maledicendola per poi chiederle perdono. Dopo giorni di vaneggiamenti, rinsavì, ma divenne taciturno e così rimase. Tornò sulla spiaggia di Filaccione dove fu accolto dai pescatori e non perché fosse simpatico, perché non lo era, ma perché sapeva fare il suo lavoro e lo faceva bene, senza parlare troppo o senza parlare affatto. Qualcuno avrebbe potuto dire che in realtà fosse un uomo schivo e burbero, ma agli uomini di mare quelle apparivano qualità. Così la mattina presto andava a pescare per poi portare il pesce al mercato locale. Era intelligente, curioso, abile e in poco tempo aveva costruito barche leggere e veloci, che aveva poi rivenduto. Diceva che pescare e costruire barche fossero le uniche cose che sapesse fare. Con il gruzzolo guadagnato, aveva comprato una baracca che aveva poi trasformato nel suo ufficio, dove riceveva clienti e costruiva altre barche. Così si era guadagnato il rispetto dei locali, poi la loro fiducia e infine una specie d'amore, e fu presto trattato come uno di famiglia senza che nessuno sapesse esattamente da dove provenisse. Le ragazze del paese si erano interessate all'uomo moro e silenzioso di cui avevano sentito parlare, e qualcuna si era spinta al punto di aspettarlo fuori dalla baracca per vederlo in volto. A lui quegli slanci di audacia non erano piaciuti, non aveva alcun interesse per gli impulsi dettati dal cuore, era invece interessato a quel che poteva prevedere, come spesso accade a chi ha sofferto.

Gli stessi uomini con cui pescava al mattino gli avevano chiesto di incontrare le loro sorelle o cugine, giacché un matrimonio con una donna locale avrebbe sigillato la sua appartenenza a Filaccione e ai suoi abitanti, ma a lui non interessava il matrimonio e nei suoi silenzi continuava a pensare alla donna che aveva amato e perso. Il loro era stato un amore burrascoso. Lei veniva da una famiglia benestante dalle vedute libertarie ed era stata cresciuta da donna libera, una realtà pressoché sconosciuta alle giovani del suo paesino. Già da bambina sapeva leggere e scrivere in francese, era a conoscenza degli ultimi avvenimenti politici, e a scuola innervosiva la maestra con quella sua curiosità vispa che a volte veniva confusa per saccenteria. Al contrario delle sue amiche, non pensava al matrimonio ma alla politica e all'emancipazione femminile, e teneva comizi tra le sue coetanee nel tentativo di diffondere con poco successo le idee sovversive in cui era stata cresciuta. Avvicinatasi ai venti anni, si presentava con il vigore e la fermezza più consoni a un uomo che non a una donna di quei tempi. Quella fierezza spudorata aveva ammaliato e allo stesso tempo innervosito il Signor Antonio, allora giovane e altrettanto pieno di passione. I due si incontrarono e furono immediatamente attratti, come se avessero ritrovato l'uno nell'altra la metà primitiva a cui si appartiene per natura. Quando fecero l'amore per la prima volta, il Signor Antonio capì che la giovane non solo non era più vergine ma ebbe il sospetto che questa avesse più esperienza sessuale di lui. L'insicurezza avvertita quel giorno gli rimase addosso ogni volta che le fu accanto. I due si innamorarono, eppure senza volersi mai. Lui la desiderava in maniera febbrile, ma quell'amore lo destabilizzava. Anche nei giorni felici non riusciva ad abbandonarsi all'idea di un futuro insieme, giacché sapeva che non avrebbe sposato mai una donna così fuori dagli schemi. Lei dal canto suo non avrebbe rinunciato alla sua indipendenza per assumere il ruolo confortante della donna del focolare. Così avevano preso a incontrarsi, amarsi e poi allontanarsi e poi amarsi di nuovo, in un vortice infinito che lasciò entrambi sfiniti. Il Signor Antonio soffrì quando i due si allontanarono per l'ultima volta e promise a se stesso che mai più si sarebbe invischiato in una situazione del genere.

Quando incontrò per la prima volta colei che sarebbe divenuta la sua futura moglie, il Signor Antonio si stupì di come nessuno gli avesse chiesto di conoscerla o di sposarla, come se la stessa fosse stata dimenticata dal paese intero. Nemmeno il cugino di lei quando li presentò avrebbe mai immaginato che tra loro potesse nascere qualcosa. Nel suo sorriso timido, il Signor Antonio aveva scorto una gentilezza che gli arrecò conforto e un dimenticato senso di sicurezza. Tuttavia, fu forse ancor più attratto da quel che non vide. Non c'era nulla in quella ragazza che gli ricordasse la furia del mare che inonda e spaventa, la stessa della donna che aveva amato in passato, così simile al mare. Quando lo sguardo del Signor Antonio si era posato su di lei, la Signorina Chiara aveva notato un bagliore nei suoi occhi profondi: nessuno l'aveva mai guardata così. Loro non se ne accorsero subito e forse non se ne accorsero mai, ma per entrambi i loro animi erano stati invisibili ai più. Antonio per via dei suoi silenzi: lo si conosceva per un'idea che ci si faceva di lui che mal rispecchiava come fosse veramente.

La Signorina Chiara, invece, priva di qualsiasi virtù, ma anche di qualsiasi tara, non era mai stata notata nemmeno per le sue incantevoli iridi. Così, entrambi invisibili, si scoprirono affini e si sposarono. Quando pronunciò il fatidico *sì* nella parrocchia di Filaccione, il Signor Antonio aveva creduto davvero che tutto sarebbe andato per il meglio. Il vestito d'organza di lei, il suo sorriso e gli occhi celesti truccati per l'occasione lo inebriarono, e quando la sposa porse la mano per la fede, lui non ebbe dubbi. Non capì subito che dietro la semplicità e la dolcezza della moglie non ci fosse nient'altro, se non una conciliante superficialità. Non era scema, ma nemmeno intelligente. Non era bella, nemmeno brutta. Era il minimo dell'esistenza possibile, più simile a un prototipo di donna, che a una persona composta di carne e sentimenti. Era, per così dire, amorfa. Lui aveva riversato su di lei tutte le sue fantasie e l'aveva trasformata a piacimento in quel che voleva. Era stata la sua immaginazione a farlo innamorare della moglie, ma d'altro canto anche lei era certa di non avere nulla da offrire a quell'uomo se non la sua premura, e aveva sperato che un giorno si sarebbe innamorato almeno di quella.

I primi due anni furono sereni. Di tanto in tanto il Signor Antonio ripensava ancora alla donna amata in gioventù, ma cercava di non indulgere in quei pensieri ripetendosi che quello con la Signora Chiara fosse un amore più adulto, più maturo, destinato a sopravvivere.

Insieme avevano preso una casa vicino alla stazione ferroviaria, che lei arredò con cura. Passavano le giornate in ferramenta, per scegliere i colori da passare sulle pareti e poi li avevano mischiati insieme, creando un colore che piacesse a entrambi. Scoprirono un nuovo gelato confezionato nell'alimentari vicino a casa e ne fecero scorta. Avevano comprato diverse bottiglie di vino e ne bevevano una diversa a sera per trovare quella che sarebbe stata la loro preferita. Le loro unicità erano infatti andate fondendosi. Anche se a lui piaceva pescare e a lei piaceva leggere storie d'amore mentre pescava. Ad Antonio piaceva la lucentezza del pesce, a lei lo sforzo dei suoi muscoli quando tirava la lenza. Avevano selezionato i libri che avrebbero letto insieme e si erano addormentati insieme leggendoli. Lei aveva fatto della spalla di lui il suo cuscino, e lui aveva aspettato ogni notte che si addormentasse per spostarle la guancia dal braccio indolenzito; ma quando la Signora Chiara se ne accorgeva, tornava nell'altra metà del letto a rivendicare il guanciale, e così avevano passato nottate di guerriglia alla conquista del giaciglio rappresentato da una spalla.

L'incanto si spezzò quando la Signora Chiara gli chiese un figlio. Non era preparato. Nella sua immaginazione, aveva pensato all'altare, alle loro promesse, ma non a un figlio. Come aveva potuto non pensarci? Lui stesso si sorprese della sua reazione. Un figlio significava una famiglia, ma lui la famiglia l'avrebbe voluta con quella donna amata in gioventù, non con quella che aveva sposato. E allora perché l'aveva sposata? Pensò fosse solo un momento di confusione, e che avrebbe dovuto pensarci. Il giorno seguente decise di porre alla moglie delle domande generiche, per avere un'idea sulla sua intelligenza, dato che mai avrebbe voluto fare un figlio con una stupida. Di rimando, la Signora Chiara provò a sorridere e a versargli il caffè nella tazza come sempre, ma le sue premure questa volta non distolsero il marito dal suo compito, ovvero, quello di capire di che lega fosse in realtà la moglie. E lo capì, gli bastò una sola giornata di osservazione. Era una creatura semplice, non brillante, ma nemmeno stupida. Era, purtroppo, insignificante. A volte aveva pensato che non fosse poi così male, che forse avrebbe anche potuto avere un figlio con lei, ma l'idea finiva sempre per dargli la nausea. Un figlio avrebbe creato una distanza invalicabile tra lui e il suo passato, e non sarebbe più potuto tornare indietro. Senza un figlio, invece, avrebbe potuto lasciare la moglie per un'altra, forse per la donna amata in gioventù.

La speranza di poter tornare là dove prima era stato felice ebbe la meglio. Così un giorno andò in cucina, e mentre la Signora Chiara era ai fornelli le disse che non avrebbe mai e poi mai avuto un figlio. Lei non si girò, le lacrime calde le rigarono le guance, per poi riversarsi nella minestra. Il Signor Antonio disse quel che doveva dire e si sbrigò a uscire di casa per non dover dare ragioni su quella scelta. Sola di fronte ai fornelli, non si apprestò ad asciugare le lacrime, e pianse fin quando non si addormentò vestita sul divano.

Tornato a casa, il Signor Antonio intravide prima una bottiglia di vino vuota sul tavolo della sala, e poi scorse il profilo della moglie accasciata sul divano e sentì che anche solo una piuma avrebbe potuto schiacciarla. Ma per quale motivo aveva trascinato quell'esserino docile nella sua vita? Lei, che ora riposava nei suoi vestiti da giorno con gli occhi ancora gonfi di lacrime? Si ricordò di come non avesse mai capito né il concetto di cura, né quello di amore. Decise che si sarebbe occupato della Signora Chiara, e a modo suo lo fece. Da quel giorno si tenne a distanza, giacché l'assenza era l'unico modo che conoscesse per proteggere chi gli viveva accanto. La mattina usciva presto per pescare, e dopo aver concluso il lavoro si intratteneva nei bordelli di Filaccione, e quando le case di tolleranza furono abolite, cominciò a passare le notti in un'osteria di Capo Cave, un paesino dove le prostitute rimaste senza bordello servivano discinte ai tavoli e offrivano gli antichi piaceri nei vicoli bui a poco prezzo. Il Signor Antonio cercava di uscire prima che la moglie si svegliasse e di tornare quando lei si fosse già addormentata. Così, poco alla volta, se ne dimenticò. La vedeva distrattamente la domenica per la messa, e poi cercava di defilarsi con scuse poco credibili. A volte, quando c'era brutto tempo, rimaneva a casa, rintanato nel suo studio, con la pretesa di non essere disturbato. Pensò di nuovo alla donna amata in gioventù e cominciò a immaginare un futuro dove si sarebbero ritrovati e avrebbero avuto i figli mai nati. Tornò in sé solo molti anni dopo, quando vide la moglie a terra con la schiuma alla bocca e la gonna zuppa d'urina, riportato bruscamente alla realtà.

Non ho voglia di soffrire per te. A volte ti penso e non mi ricordo più se sei come io ti immagini o diverso. Se forse ho preso un'idea di te, epurata dalle tue parole e dalla tua arroganza, e l'ho resa più amabile di come tu non sia. Non ricordo più se sei premuroso, come quando mi abbracciavi di notte sulla spiaggia. O se sei un uomo piccolo e vigliacco, come quando mi hai detto che non avresti mai voluto un futuro con una donna come me. E perché? Perché ho un passato? È questo che non mi rende degna del tuo amore? Ti sei chiesto in cosa tu sia amabile? Sei davvero così debole da non sopportare che io abbia avuto altri uomini prima di te?

E vedi, quando poi ripercorro le tue insicurezze che mi rendono pazza di rabbia, vorrei abbracciarti e perdonarti e dirti che l'amore che nutro nei tuoi confronti sa sopportare tutto, anche le tue imperfezioni, e che forse ti amo anche per quelle.

3

Arrivata ai settant'anni, la routine mattutina della Signora Chiara era invariata da almeno un decennio, da quando era rimasta intrappolata in un eterno passato. Una condizione singolare di cui prima di allora nessuno aveva mai sentito parlare a Filaccione. Colpa delle bottiglie di vino svuotate in silenzio negli anni, aveva detto il medico, aggiungendo poi il nome impronunciabile di quel male, che rendeva i sofferenti incapaci di creare nuovi ricordi. Le memorie precedenti alla malattia rimanevano l'unica realtà conosciuta. Così la Signora Chiara pensava di avere ancora sessant'anni, e non settanta, e ignorava che il marito si stesse lasciando morire di depressione su una poltrona di pelle. Aveva dimenticato l'imbarazzo provato quando il Signor Antonio aveva trovato le bottiglie vuote chiedendole una spiegazione che sapeva già. Ricordava la solitudine, quella che avrebbe voluto dimenticare con l'alcol e che invece le aveva levato il futuro, lasciandola in un posto dove tutto quello che avrebbe ricordato in eterno sarebbero stati gli anni passati da sola.

Fu infatti la solitudine, il rimpianto per i figli mai avuti e per l'amore che il marito le aveva negato, che un giorno la spinsero nella cantina. Cominciò con qualche bicchiere dopo cena, poi il pomeriggio, fin quando si svegliò la mattina con il solo pensiero di portarsi il vino alle labbra. Non fu difficile nascondere il nuovo vizio al marito, lui non la notava già da tanto. La gente di Filaccione, invece, la vedeva ubriaca e muta trascinarsi con passo incerto tra le vie del paese, ridacchiava da sola come non aveva mai fatto prima. Quei pochi amici e familiari che di rado la passavano a trovare e si avvicinavano per salutarla, sentivano l'odore d'alcol che si sprigionava dalla sua bocca e inizialmente non diedero troppo peso alla cosa. Negli anni però la gente si rese conto che la Signora Chiara non solo beveva, ma non ricordava più nulla. L'amnesia divenne evidente quando morì il Signor Rinaldi, un commerciante d'arte conosciuto in paese per il vizio delle donne.

Una delle sorelle del morto era arrivata da lontano per il funerale ed era stata presentata alla Signora Chiara. Quando il giorno dopo le due si incrociarono di nuovo, non solo la Signora Chiara non ricordava di averla mai incontrata, ma pareva completamente estranea alla morte del Signor Rinaldi. Eppure, in paese non si parlava d'altro: il defunto era morto di colpo, a casa di una prostituta di Capo Cave, e la notizia era rimbalzata di bocca in bocca, accompagnata da risa di scherno, schiamazzi e segni della croce. La Signora Chiara, tuttavia, non sembrava trattenere alcun ricordo di quella storia e ogni volta che veniva menzionata, lei continuava a mostrarsi sorpresa. A questo evento ne seguirono altri, ma fu presto chiaro a tutti che la moglie del Signor Antonio rammentava la sua vita solo fino ai sessant'anni e da lì in poi non aveva più ricordato nulla. Un pomeriggio, la Signora Chiara finì l'ultima bottiglia di vino rimasta in casa, evento che aveva sempre temuto e prevenuto, ma quel giorno l'amnesia ebbe la meglio. Fu in quella circostanza che anche suo marito, come spesso accade, per ultimo, si rese conto delle gravi condizioni nelle quali versava la moglie.

Dopo varie ore senza bere, la Signora Chiara si coricò di malumore, e si girò più volte nel letto senza riuscire a prender sonno, finché al mattino presto si alzò nervosa e cominciò la sua giornata. Il Signor Antonio, che in genere si svegliava prima di lei, una volta aperti gli occhi constatò che la moglie era già in piedi. Da fuori la porta della cucina, la vide camminare avanti e indietro mentre aspettava che uscisse il caffè e notò nei suoi passi un'irrequietezza non familiare. Non se ne interessò, così andò verso il bagno, ma dopo poco lo raggiunsero un tonfo e un urlo soffocato. Si precipitò verso la cucina e vide la moglie sudata e tremante: si era rovesciata il caffè bollente sulla mano. «Non è successo niente», disse frettolosa, ma lui prese la mano arrossata, la trascinò fin sotto il rubinetto scrosciante e poi aprì il frigorifero e tirò fuori il ghiaccio, che mise sulla pelle ustionata. Vide le mani tremanti della moglie e capì perché la moka le fosse sfuggita. Si domandò cosa stesse accadendo e stava per chiederglielo, ma la moglie lo precedette. «Oh Madonna, ma cosa è successo?», esclamò la Signora Chiara incredula mentre si guardava la mano. Il Signor Antonio si sentì d'un tratto come uno dei pesci che pescava al mattino. Quelle parole lo trafissero come un amo da pesca, per poi trascinarlo veloce fuori dal mondo ovattato dove la figura della moglie non faceva più alcun rumore. Ecco che ogni cosa divenne reale, anche quel tremore, l'ustione e la donna che aveva sposato. E capì che aveva bisogno di un dottore.

Il medico che andò a casa trovò l'ustionata in uno stato sconvolgente: dei tremori violenti la contorcevano mentre perle di sudore coprivano il corpo interamente. Sapeva chi era la Signora Chiara e capì presto il motivo di tali sintomi. Dopo un breve esame fisico, il verdetto fu che la paziente avrebbe dovuto smettere di bere, con il rischio però di ripetuti e violenti sintomi di astinenza, che avrebbero potuto provocare anche convulsioni e forse la morte, e per questo suggerì di sottoporla a delle cure ospedaliere. Il Signor Antonio, ancora incredulo, non accettò la possibilità che la moglie fosse così gravemente malata e rifiutò il ricovero. Il giorno dopo, invece di andare a pescare, rimase a casa a guardare la televisione. Affondò nella poltrona di pelle che aveva comprato anni prima e che non aveva mai usato, e si mise lì seduto ad aspettare. Era passato solo poco più di un giorno senza vino, che la Signora Chiara, poco prima canticchiante mentre preparava la cena, cadde a terra incosciente, con gli occhi aperti ruotati all'indietro, il corpo tremante che si dimenava addosso al pavimento, l'urina calda che le impregnava la gonna e una schiuma rosea che dalla bocca fece un rivolo sulla guancia. Durò solo un paio di minuti, poi rimase confusa e inzuppata di urina senza sapere cosa fosse successo. Il marito, che aveva assistito inerme a tutta la vicenda, si avvicinò. Vide che era frastornata e la prese tra le braccia per sollevarla da terra. La portò in bagno e le sfilò gli indumenti sudici dei suoi stessi umori. La posò delicatamente nella vasca e con una spugna le fece il bagno, mentre lei a poco a poco tornava in sé, senza sapere né cosa fosse successo, né perché il marito la stesse lavando con le lacrime agli occhi, e il volto intriso di stupore e disperazione.

Da quel giorno il Signor Antonio non uscì più di casa. Non era per paura che la moglie avesse potuto morire da sola, né per l'affetto che un tempo li aveva legati, ma per via di una nuova consapevolezza. Aveva visto in quelle convulsioni violente il suo fallimento. Era riuscito a distruggere tutto quello che aveva toccato, anche quella donna docile e sorridente che ora si dimenava incosciente con la schiuma alla bocca. Da quel giorno, si chiuse dentro casa. Smise di pensare alla donna amata in gioventù, non andò più nemmeno a pescare, si rinchiuse nella sua solitudine. Uscì di casa anni dopo, per andare a prendere la moglie in ospedale, quando venne trovata fuori di sé alla stazione.

Di ritorno dall'ospedale, quando erano ormai due volte che la moglie si era allontanata, sentiva una sensazione di vuoto. Dalla prima fuga faceva sempre più fatica ad addormentarsi, come se fosse uscito dall'intorpidimento protrattosi da una decade e fosse divenuto preda di mille preoccupazioni. La moglie, stordita dai farmaci, aveva dormito per tutta la notte, emettendo respiri pesanti che avevano cadenzato i pensieri via via più oscuri del Signor Antonio. Il vuoto che sentiva dentro sembrava accrescersi e, arrivata la mattina, l'impressione era che nulla più avesse un senso. Si alzò dal letto con la sensazione che la vita non potesse più continuare così. La moglie, ancora frastornata dai sedativi, si svegliò tardi. Il Signor Antonio non si mise in poltrona e non accese la televisione, ma passò la mattina alla ricerca del giubbotto con i pesi che metteva tempo addietro per allenarsi e lo ritrovò nel garage tra le tante cose abbandonate. Quando rientrò dentro casa, la trovò sveglia che preparava il caffè. Le disse che non voleva niente e si chiuse nel suo studio. Non mangiò e la Signora Chiara non se ne accorse. Mise ordine tra le sue cose, ripose tutti i soldi che aveva nel cassetto all'ingresso dove la moglie attingeva per le spese quotidiane; gettò via centinaia di fogli scritti con la sua grafia indecifrabile; tirò fuori dal portafoglio l'unica lettera che aveva custodito della donna amata in gioventù e la rilesse dopo anni.

Rimase con gli occhi chini su una macchia che tanti anni prima un palmo pasticciato d'inchiostro aveva lasciato sul foglio. Passò il polpastrello sulle sinuosità che la pelle aveva stampato sulla carta, come ad accarezzare la mano che una volta lì si era poggiata. Capì che se non ci fosse stato il tempo, sarebbero stati mano nella mano sulla stessa pagina. Come sentì la commozione prendergli la gola, ripose la lettera in tasca e si dedicò ad altro. Quando fu quasi sera, mentre la Signora Chiara cucinava, uscì dallo studio e si diresse verso la camera. Si mise i pantaloni da lavoro con le tasche larghe. Prese il giubbotto con i pesi e se lo infilò sopra la maglia di cotone.

"Chiara, andrò via io. Puoi rimanere a casa, non devi più scappare da niente. Me ne vado" avrebbe voluto dire il Signor Antonio, e ripeté la frase nella sua testa un paio di volte nel tragitto dalla stanza alla cucina, ma quando si trovò davanti la moglie, aprì bocca e disse solo: «Chiara, io me ne vado».

La Signora Chiara aveva immaginato per anni il giorno in cui sarebbe stata lei ad andare via, senza sapere di aver già trovato la forza per ben due volte. Il pensiero che il marito burbero potesse andarsene non l'aveva mai nemmeno sfiorata. Non era certo per amore che pensava fosse rimasto, ma per questioni di rituali: era un uomo abitudinario.

«Ma di che parli? Andare dove?»

«Tu stai male Chiara, magari posso renderti felice almeno ora…»

«Felice? Quando mai hai voluto rendermi felice?» disse lei con gli occhi inondati di lacrime.

Scosse la testa rassegnato, capì che parlarle era inutile, così le si avvicinò e l'abbracciò. La Signora Chiara poggiò la fronte sulla spalla del marito e, come sentì le braccia cingerla, riversò sul suo petto le parole che non gli aveva mai detto. «Sai, io ti ho perdonato per non avermi mai amata. Ma non so perdonarmi di averti dedicato tutta la mia vita.» Il Signor Antonio la strinse più forte ma senza replicare, perché non avrebbe potuto dirle che si sbagliava. Riscoprì il corpo minuto sotto le mani, l'odore dei suoi capelli nelle narici, il calore del torace sottile e la schiena ormai curva. Provò pietà. Lasciò la presa e vide la donna avvicinarsi ai fornelli e dopo poco cambiare espressione, dimentica della conversazione appena avuta e dell'abbraccio negatole per anni. Senza prendere le chiavi per tornare a casa, diede un ultimo sguardo alla poltrona di pelle sulla quale aveva passato dieci anni e si voltò verso la moglie persa nel suo oblio, che cucinava. Chiuse la porta dietro di sé e se ne andò.

Amore, siamo ancora vicini, lo vedi? Cosa aspetti? Che ci pensino il tempo e i chilometri a separarci? Come ti vedi tra dieci o vent'anni? Riesco a immaginarti mentre ti porti dietro una donna a braccetto di cui non hai stima e che pure pensi sia adatta alla tua vita, perché senza forma né carattere è in grado di adattarsi a te. È questo davvero che vuoi? Costruire certezze con cui tirare i fili di una vita burattina? È per questo che non sai rimanermi accanto? E pensi che sarai felice?

Al diavolo la tua idea di felicità. E come lo scrivo, già so che dovrei aver più rispetto delle tue vulnerabilità e accusarti di meno, ma mi fai infuriare.

Prese il viottolo non asfaltato attraverso cui si raggiungeva una strada di campagna che conduceva alla spiaggia. Non era la via più veloce per arrivare al mare, avrebbe potuto prendere la strada asfaltata che passava per il centro di Filaccione, ma era quella con più pietre. Camminando rivide la sua vita. Credeva che avrebbe provato altre sensazioni il giorno in cui sarebbe andato via dalla Signora Chiara. Si sorprese nello scoprire che non considerava più la moglie da tanti anni, da quando era diventata parte del mobilio polveroso e dimenticato. Sul viottolo di campagna, ripensava alla donna con cui non aveva trascorso l'esistenza. Lei che se ne era andata per sempre, e che con la sua assenza si era presa tutto il resto della sua vita. Si rese conto che aveva vissuto, sì, ma senza esserci davvero. Era rimasto in uno spazio distante, uno spazio intriso di vuoto e di una domanda, continua, come la goccia che si ripete, "come sarebbe stato se…?" Il pensiero di quella vita non vissuta lo mise ancor più di malumore. Si sforzò di concentrarsi su cose concrete, come la brezza che veniva dal mare e che da anni non sentiva sulla pelle, l'odore di agrumi proveniente dai limoni in fiore o la consistenza della terra su cui camminava. Cominciò a raccogliere le pietre che era andato a cercare.

Curvo, ne prendeva una, la soppesava con la mano e la comparava con quella trovata poco prima. Quando era sicuro di aver trovato quella che preferiva, la metteva nella tasche dei pantaloni, e chiudeva il bottone per non perderle. Dopo trenta minuti, erano talmente piene che sembravano scoppiare. Nonostante l'età, non sentiva addosso la fatica di quella camminata. Pensava fosse tutto l'esercizio fisico fatto da ragazzo a renderlo ancora così forte. Cominciò a fantasticare, immaginando che a una gara di braccio di ferro avrebbe ancora vinto contro un ragazzino di vent'anni. L'idea lo fece sorridere.

Ripensò alla sua giovinezza e gli tornò in mente quando da bambino la nonna gli aveva portato in regalo un piccolo ulivo, che avevano piantato insieme in giardino. Voleva prendersene cura e così, mentre l'anziana riposava dopo pranzo, prendeva il secchio, lo riempiva dalla fontanella collegata al pozzo posizionata in un angolo del giardino, e poi lo sollevava a stento; con passi corti e veloci, quasi senza respirare, si affrettava a raggiungere il suo albero. A metà percorso poggiava il recipiente a terra, si guardava le manine arrossate, aspettava fossero meno indolenzite, e veloce raggiungeva l'ulivo, svuotava il secchio per terra, per poi ripetere la stessa sequenza più volte, fin quando sentiva di aver portato tutta l'acqua che poteva. Fu quindi con sorpresa che un giorno, affrettatosi in giardino per vedere i progressi del suo albero, scoprì che era morto. La pianta, sommersa dall'acqua, non era riuscita ad assorbire il nutrimento necessario e le radici erano marcite senza riuscire ad attecchire.

«No, non è possibile, perché è morto?» aveva chiesto, sgomento, alla ricerca di una qualche risposta negli occhi chiari della nonna. Lei aveva deciso di non mentirgli, perché il bambino doveva imparare.

«Ci hai messo troppa acqua, picciri'. Il troppo storpia.»

«Che vuol dire troppa acqua?»

«Che era troppa. Quanta ce ne hai messa?»

Un nodo alla gola lo aveva ammutolito, non sapeva che l'acqua potesse essere troppa.

«Tanta, tantissima, tutta quella che potevo portare» rispose con gli occhi bassi.

«Picciri', e allora come puoi stupirti che sia morta?»

Lui teneva gli occhi chini a terra per la delusione. La donna gli carezzò il capo con le mani anziane e gli raccontò di quando anche lei, da giovane, per prendersi cura di un capretto affamato, gli aveva dato tanto da mangiare che alla fine era morto.

«Davvero il capretto è morto?»

Lei annuì. Così quel giorno capì, che sia gli ulivi che i capretti, a volte, non sanno che farci con tutto quell'amore, e così muoiono. Capì che la cura era composta di elementi a lui ancora oscuri, che si bilanciavano su un precario equilibrio fatto del dare ma anche del saper osservare, aspettare, e chissà quante altre cose. La cura doveva essere quindi una forma di equilibrio. La nonna aveva pensato di prendergli un'altra pianta, ma poi ricordava gli occhi tristi e chini e così aveva deciso di evitargli un'ulteriore delusione. Con il tempo, il Signor Antonio non pensò più all'acqua che tracimava dal secchio o alle sue manine indolenzite, ma rimase in lui la sensazione che la cura, così come l'amore che l'accompagna, fossero concetti sfuggevoli, e provò disagio quando entrambi gli furono richiesti in futuro.

Non capiva come la veemenza che metteva in tutto, divenisse così inutile e inopportuna, se applicata all'amore. Come era possibile amare offrendo attese e bilanciando, quando lui conosceva solo il furore e l'impazienza? Si era chiesto come accadeva che due persone si scegliessero, imparando prima la passione ma poi anche la vulnerabilità, la pazienza, l'attesa, la speranza, la resa, l'ascolto, l'accettazione e l'amore. Non lo capì mai.

Di ritorno in paese, ho incontrato Marcella, la vecchia pazza. Mi ha vista con la tristezza che avevo addosso e che non so nascondere. Quella megera mi ha detto che avrebbe potuto leggermi la mano, che forse poteva portarmi qualche buona notizia.

Sono scappata via. Non ho bisogno della pietà di nessuno, nemmeno di quella vecchia. Mi sono chiesta se è questo che vede la gente quando mi sento morire di nostalgia. Al diavolo tutti e al diavolo anche te, che sei così stupido da non capire che passeremo la vita a chiederci "come sarebbe stato se". Mi chiedo se un giorno diventerò più abile a nascondere la mia pena, se saprò muovermi nel mondo senza far trapelare alcun dolore, se saprò parlarti con il sorriso e senza più rancore. Mi chiedo se tu sia già così bravo da saper sopravvivere senza di me. Se sai già ridere senza i miei baci, se hai imparato a non sentirne la mancanza.

Arrivato alla spiaggia, si levò le scarpe, senza davvero un perché, forse per abitudine, e scalzo, fece pochi passi verso il bagnasciuga. Quando l'acqua cominciò a bagnargli i piedi, si fermò a guardare il mare. Non lo vedeva davvero, si era fatto buio da quando aveva lasciato casa, ma ne sentiva l'odore e il rumore. Si rese conto che erano passati anni dall'ultima volta che era stato lì, provò qualcosa di simile a un rimpianto. Fu solo il primo, perché tanti altri rimpianti gli affollarono la mente, e si rese conto solo in quel momento che era stato troppo a lungo in silenzio. Ogni volta che non era circondato da rumore, si sentiva sopraffatto dai suoi stessi pensieri, quasi se ne era dimenticato tanto era stato abile negli anni a prevenire quella condizione con la televisione sempre accesa. Pensò di impazzire. Allora si ricordò cosa fosse andato a fare. Affondò i passi nell'acqua fredda, sentì i pantaloni impregnarsi e appesantirsi. Camminò senza esitazione, con le pietre nelle tasche e il giubbotto pesante che lo spingevano verso il fondo. Quando anche la testa fu sommersa, alcune bollicine affiorarono sulla superficie dell'acqua. Durarono poco e poi scomparvero anche loro.

Rimasero le scarpe di lui sulla spiaggia, poco distanti dalle scarpe della Signora Chiara abbandonate sulla banchina dei treni.

4

Il Signor Morbidelli, un nobiluomo di Filaccione, era il titolare di una nota casa dolciaria, la Morbidelli per l'appunto. Da bambino, i genitori lo avevano lasciato solo in una casa dove ognuno sembrava troppo impegnato per prendersi cura di lui. Solo la governante, una signora in carne e dall'animo gioviale, sembrava interessarsi di quel figlio dimenticato. Lei gli insegnò l'amore per i dolci, per i gesti, i lieviti e le attese. Fu così che divenne un bimbo paffuto, incuriosito dalla cucina e dai suoi segreti, più simile nell'aspetto alla governante, che ai genitori distratti. Quando in età adulta si sentì disperato, ricordò l'amore appreso dalla nutrice e lo cercò nei gesti familiari di un tempo. Con naturalezza, tornò con le mani nell'impasto di farina, zucchero e uova, e si sentì di nuovo consolato come in quei giorni lontani. Il biscotto Morbidello era il suo prodotto di punta: cinque centimetri quadrati di zucchero, miele e ingredienti segretissimi che conferivano la consistenza soffice suggerita dal nome. La Morbidelli era stata inaugurata anni prima, per l'esattezza sei mesi dopo che il figlio del Signor Morbidelli, Gioacchino, si era cavato l'occhio destro. Era stato prima ricoverato nell'ospedale di Capo Cave per le cure mediche e poi trasferito in manicomio, dove era rimasto alcune settimane, finché il padre lo era andato a riprendere per sottrarlo a quelle che definì torture spacciate per terapie. Terrorizzato al pensiero che, una volta dimesso, Gioacchino potesse cavarsi anche l'occhio sinistro, il Signor Morbidelli aveva ingaggiato due energumeni che seguissero il figlio ovunque andasse, così da poterlo fermare in caso avesse provato a farsi ancora del male. Una volta assicuratosi l'incolumità del figlio, il nobiluomo si era ritrovato solo con i suoi pensieri, e così aveva deciso di darsi ai dolci, un compromesso migliore delle sigarette e che lo avrebbe tenuto occupato per molte ore al giorno, in modo da non pensare al figlio pazzo.

Matteo 5:29 – Se il tuo occhio destro ti è occasione di scandalo, cavalo e gettalo via da te: conviene che perisca uno dei tuoi membri, piuttosto che tutto il tuo corpo venga gettato nella Geenna –.

In una domenica di sole nella piazza di Filaccione, Gioacchino Morbidelli, detto il Guercio, aveva sentito San Matteo recitare un passo della Bibbia, e il demonio dirgli che l'umanità sarebbe bruciata all'inferno per colpa sua; aveva capito che per la salvezza del genere umano non ci sarebbe stata altra alternativa: avrebbe dovuto sacrificarsi. E così aveva premuto il pollice sull'occhio, prima dal canto verso l'interno e poi all'esterno, in modo da enuclearlo, e questo era uscito dall'orbita sanguinolenta per poi cadere a terra, tra le urla e lo sgomento dei passanti. Si sarebbe strappato anche l'altro occhio, se i compaesani non lo avessero fermato e legato. Nel manicomio dove Gioacchino rimase per settimane, tutti presero a chiamarlo Gesù, forse per via dei capelli lunghi e della barba incolta cresciuta su quel viso giovane. A lui quel nome piacque, e una volta tornato a Filaccione si presentò a tutti come il Messia. Ma gli abitanti invece di riconoscerlo come salvatore, presero a chiamarlo il Guercio. Gioacchino all'inizio aveva provato a ripetere che il suo nome non era Guercio ma Gioacchino e che si era trovato a proprio agio con il nome Gesù; con il tempo si rassegnò al fatto che quei bifolchi non lo avrebbero mai chiamato Gesù, anche se nella sua infinita bontà era tornato sulla terra per salvare tutti, senza fare distinzioni, proprio come il Cristo sulla croce. Doveva solo prepararsi all'atto finale, diceva a se stesso, quando con estremo sacrificio si sarebbe strappato via pure l'occhio sinistro e tutti avrebbero saputo che lui non era né il Guercio, né Gioacchino Morbidelli, ma bensì il redentore: Gesù da Filaccione.

La follia di Gioacchino era iniziata pochi mesi prima dell'auto-enucleazione dell'occhio destro. Era un giorno di primavera, quando il Signor Morbidelli aveva trovato Gioacchino con la testa immersa nella tazza del gabinetto.

«Ma che diamine stai…?» Gioacchino, al richiamo della voce ovattata del padre, era riemerso. «Mi sto battezzando papà!» Aveva avuto giusto il tempo di far sparire i brufoli dalle guance butterate, che si era ritrovato pazzo.

Il Signor Morbidelli si era spesso chiesto dove avesse sbagliato e, dopo notti insonni, si convinse che doveva essere stato per via della gola, dato che mangiava prima di prendere la comunione la domenica mattina. Era cosciente del fatto che l'ostia benedetta andasse presa a stomaco vuoto, ma per il Signor Morbidelli la colazione era sacrosanta, più del *corpus christi*. Ed era stato così che il *peccato di gola* gli era costato oltre al diabete anche un figlio pazzo. A ogni modo, il Signor Morbidelli rinunciò presto alla fede e ai suoi dettami. Fu proprio durante una messa che gli giunse l'illuminazione: nessun Dio avrebbe mai inflitto a un uomo la pazzia, e che se questo era il Dio che doveva amare, o dal quale farsi perdonare, tanto valeva cambiare divinità. Si alzò nel bel mezzo della funzione, e se ne andò.

Da quel giorno non mise più piede nella parrocchia di Filaccione e scelse un nuovo posto sacro: il laboratorio Morbidelli. Fedele al suo carattere deciso, rimasto quasi immutato dall'età giovanile, non gli importava più né della gola, che gli sarebbe costata l'inferno, né del diabete, che gli faceva da qualche tempo formicolare le dita dei piedi, ma solo della sua azienda, la Morbidelli, e con miele, zucchero e farina aveva sfidato tutti: Dio e dottori. Sapeva, tuttavia, che i suoi peccati andavano al di là della gola. Ma questo all'epoca non poteva ammetterlo, erano ricordi di cui si era sbarazzato molto tempo prima. A differenza del Signor Morbidelli, la gente di Filaccione non aveva dimenticato la Signora Morbidelli, e quando Gioacchino cominciò a battezzarsi nelle varie latrine del paese, si mormorò che dalla madre non avesse ereditato solo la bellezza, ma anche la follia. Molti anni prima, il Signor Morbidelli aveva sposato la donna più bella di Filaccione.

La vide per la prima volta in una domenica afosa di agosto, mentre fuori dalla parrocchia si faceva aria con il cappello, impegnato a disquisire con i compaesani sulle ultime novità. Aveva da poco rimodernato la casa di famiglia decorandola con tappeti, sculture e quadri accumulati nei suoi viaggi in giro per il mondo. Mentre un ronzio di mosche lo accompagnava nella descrizione di un arazzo comprato l'anno prima in Francia, dalla parrocchia uscì una ragazza filiforme, dall'incarnato avorio e i capelli castani, che scendevano morbidi sulle spalle ossute. La pelle umida e il respiro affannato suggerivano che la giovane soffrisse della calura estiva, eppure il Signor Morbidelli non notò quelle espressioni di disagio, intento a osservare gli occhi grandi color dell'ambra e i seni appena accennati, che sembravano suggerire che la fanciulla fosse ancora adolescente. Il Signor Morbidelli si stupì quando il Signor Rinaldi, accortosi del suo sguardo, gli disse sottovoce che la giovinetta aveva da poco compiuto diciannove anni e che era figlia di un nobile decaduto del nord e giunto in paese un paio di mesi prima. In molti avevano guardato con desiderio la fanciulla. Sembrava una creatura lunare, arrivata in quel paesino sperduto da un altro universo. Al Signor Morbidelli, che aveva avuto storie con donne di tutto il mondo, quella giovane sembrò un oggetto raro, se non unico in quanto a bellezza, di cui presto avrebbe fatto sfoggio, proprio come uno dei suoi arazzi o pezzi antichi.

Fin dall'infanzia aveva capito che con il denaro avrebbe potuto comprarsi tutto, anche la moglie, così pochi giorni dopo, si presentò a casa della futura sposa con un mazzo di frangipani bianchi e un'offerta di matrimonio. Indossava un vestito grigio chiaro di fresco lana Tasmania che cadeva alla perfezione sul corpo opulento, conferendogli l'aspetto di gran signore. L'aspetto nobile e le promesse di una vita agiata bastarono alla famiglia della ragazza. Poco importava che il Signor Morbidelli avesse vent'anni più di lei o che lei non lo volesse; le nozze pattuite furono celebrate pochi mesi dopo nella parrocchia di Filaccione.

***

Il destino ha forme strane di vendicarsi contro i prepotenti, e nel caso del Signor Morbidelli, usò la pazzia. L'anno dopo il matrimonio, la Signora Morbidelli diede alla luce Gioacchino, un bambino paffutello dalle gote rosee che aveva ereditato la stessa bellezza della madre. La neomamma, alla vista del neonato, impazzì. Dapprima cominciò a guardare il bambino con sospetto e, spaventata, chiese alla governante perché Gioacchino la scrutasse allo stesso modo. «In che modo?» aveva chiesto la governante confusa, ma la madre a quelle parole era già fuggita dalla stanza. La Signora Morbidelli prese a parlare sottovoce mentre era sola senza curarsi dei pianti di Gioacchino che si lamentava per la fame. Presto la governante trovò qualcuno che potesse adempiere alle funzioni di nutrice, giacché la Signora Morbidelli non solo aveva preso a ignorare il figlio, ma aveva perduto del tutto il senno. D'un tratto smise di mangiare e di dormire, e poi, la notte, prese a scappare di casa: correva senza vesti e urlava parole incomprensibili. Era stata ritrovata per le strade di Filaccione negli stati più abietti: una volta nuda mentre un ubriaco la montava in un vicolo, un'altra sudicia dei suoi stessi escrementi. Alcuni dissero che fosse stato il dolore del parto, che le grida erano giunte fino al mare. Altri che si trattasse di possessione demoniaca e additarono la colpa agli zingari passati per Filaccione nelle settimane precedenti. Ma la follia non era estranea ai familiari della sposa, che si erano stabiliti a Filaccione nella speranza che la pazzia non li seguisse anche lì. Rividero nella giovane sposa lo stesso delirio che si era impossessato dei parenti lasciati al nord. Non dissero a nessuno del male che mieteva vittime nella loro discendenza, e provarono a mostrarsi sorpresi quando il Signor Morbidelli bussò alla loro porta con le lacrime agli occhi e il neonato tra le braccia.

Il Signor Morbidelli pensò che i soldi avrebbero restituito la salute alla moglie e pagò dottori, esorcisti e stregoni, ma nessuno fu in grado di ridargli la giovane sposa. Infine, una notte, la bella Signora Morbidelli sparì. Nessuno seppe che fine avesse fatto, alcuni mormorano che fosse stato il marito a soffocarla nel sonno e a seppellirla a mani nude, altri dissero che si era tramutata nel mostro che aveva in corpo, ma nessuno seppe mai la verità e il piccolo Gioacchino rimase senza madre prima ancora di essere svezzato.

5

Una mattina d'estate, il Signor Morbidelli e la Signora Chiara si erano incontrati sulla via, lei con in mano la busta di carta contenente il pane fresco, lui con il volto mogio mentre pensava al figlio e ai suoi battesimi. Tutti a Filaccione sapevano di Gioacchino e al Signor Morbidelli pareva di sentire i commenti e i ghigni dei passanti, che quando incrociava per le vie del paese parevano nascondere un certo imbarazzo, alcuni divertiti e altri impietositi. Tutti, tranne la Signora Chiara. Così la salutò e le chiese come stesse andando la sua giornata. Erano anni che non scambiavano due parole. La Signora Chiara si mostrava gentile e sorridente, nonostante la disgrazia che si era abbattuta sul nobiluomo, e il Signor Morbidelli pensò non gli chiedesse del figlio pazzo per non essere invadente e apprezzò quella premura. Nei giorni seguenti, la incontrò di nuovo, e ritrovò la stessa cordialità. Così, senza nemmeno accorgersene, si trovò spesso a cercarla con gli occhi tra la folla, nella speranza di scambiare banali saluti di cortesia, come se quella donna minuta fosse l'unica gentilezza che la vita ancora gli serbava. Notò per la prima volta i suoi occhi azzurri e ne rimase affascinato. Un pomeriggio, dato che non la vedeva da qualche tempo, ebbe l'audacia di andare a casa sua. Che avrebbe detto all'insopportabile marito rinchiuso in casa da almeno cinque anni? Si chiese, per poi dirsi che avrebbe detto la verità, che era da alcuni giorni che non vedeva la Signora Chiara e che aveva pensato di fermarsi per un saluto. Il Signor Morbidelli non era mai cambiato: gli era rimasta la stessa determinazione che una volta lo aveva portato a bussare alla porta di una ragazza che a malapena conosceva, pretendendone la mano. Suonare al campanello della Signora Chiara non gli sembrò più audace.

La Signora Chiara aprì la porta e lo accolse con un sorriso, lui si levò il cappello dal capo e la omaggiò con dei fiori e con tono sommesso, si era scusato per il disturbo, ma non avendola vista in paese, aveva pensato di fermarsi per un saluto. Lei, che non aveva mai ricevuto fiori dal marito, arrossì e invitò il Signor Morbidelli in casa. Dall'ingresso si entrava in un corridoio alla cui sinistra c'era la cucina, che a sua volta affacciava sulla sala. Soffitti alti come quelli non si vedevano più a Filaccione, la casa doveva essere stata costruita in altri tempi. Notò il televisore acceso, e intravide il marito della Signora Chiara, all'epoca ancora vivo, seduto sulla poltrona.

«Salve» disse il Signor Morbidelli, senza ricevere, però, alcuna risposta. Il Signor Antonio non si voltò nemmeno e rimase seduto sulla poltrona. Il Signor Morbidelli pensò che fosse un peccato che quell'uomo avesse fatto quella fine. Fu un pensiero veloce, non gli interessava davvero, e così tornò a fissare ammaliato i piccoli occhi azzurri della Signora Chiara. Seduti attorno al tavolo della cucina iniziarono a conversare.

«Come sta Gioacchino?» chiese lei distrattamente.

Il Signor Morbidelli sentì un nodo alla gola, l'immagine del figlio con la testa immersa nel gabinetto lo rese paonazzo.

«È proprio bello quel ragazzo, l'ho visto alla processione di Sant'Antonio poco tempo fa. Deve renderla tanto orgoglioso» continuò lei, ricordando l'evento avvenuto poco più di cinque anni prima, e che per lei era invece ancora così recente. Il Signor Morbidelli pensò di non aver capito bene e le chiese di ripetersi. Gioacchino non andava più a una processione da almeno tre anni, da quando aveva corso nudo tra i fedeli masturbandosi, urlando e professandosi prima come il messia e poi come il diavolo in persona. La Signora Chiara ripeté la stessa identica frase, come fosse davvero convinta di averlo visto alla processione. Confuso, il Signor Morbidelli disse che sì, era proprio un bel ragazzo. Sentì un calore riscaldargli il petto. Era da tanto che nessuno gli parlava così del figlio, e provò una timida gioia nel ricordarlo com'era stato prima della pazzia. All'inizio tentennante, e poi sempre più deciso, cominciò a tessere le lodi del ragazzo: abile negli sport, bellissimo come la madre, ma anche accademicamente promettente. Quella timida gioia iniziale divenne via via più incontenibile mentre il Signor Morbidelli capiva che almeno agli occhi della Signora Chiara nulla era cambiato. Fu come avere di nuovo quel figlio, ormai perso, ancora vicino e sano.

«Chissà, forse un giorno sarà un dottore come suo padre.» Il Signor Morbidelli sentì lo stomaco stringersi in una morsa: sapeva bene che il figlio non sarebbe diventato né medico né altro, ma per tutta la vita solo pazzo.

«Eh sì, chissà, magari un giorno», disse lui senza guardarla.

Quando giunse l'imbrunire, ringraziò la Signora Chiara per l'ospitalità, e salutò dalla cucina il marito di lei, che rimase nuovamente in silenzio.

Quella visita alla Signora Chiara fu illuminante. Davvero c'era una persona di Filaccione a non sapere del figlio pazzo? Il Signor Morbidelli aveva sentito alcune voci sulla Signora Chiara, ma solo in quel momento si rese conto di quel che la malattia della poveretta avrebbe significato per lui. Il giorno dopo non si recò al suo laboratorio di dolci, ma andò nella piazza di Filaccione, dove era convinto che due chiacchiere scambiate al bar avrebbero confermato i suoi dubbi. Con disinvoltura, chiese alla gente che si fermava al bancone della Signora Chiara. Apprese che la donna non aveva più bevuto da quando il marito si era chiuso in casa con lei, ma che ormai era "partita di testa", frase detta dal gioielliere e che lo aveva stupito. Altri usarono modi diversi, a volte più coloriti, per dire la stessa cosa, ma tutti confermarono che era come se la poveretta fosse rimasta ferma in un momento passato e non ricordasse più nulla di quel che era accaduto negli ultimi anni. Così il Signor Morbidelli aveva ora la certezza che la Signora Chiara era rimasta ai giorni in cui Gioacchino non era pazzo, e lui era un padre fiero seppur indurito dalla scomparsa della moglie. Quei giorni, al tempo così mesti, gli sembravano ora giorni felici. Euforico, pagò il caffè a tutti, quel momento segnava un nuovo inizio, in cui lui avrebbe incominciato a vivere per sempre nel passato. A quel giorno seguirono mattine e pomeriggi interi in cui il Signor Morbidelli e la Signora Chiara si trovarono per parlare del più e del meno, in quel che per il Signor Morbidelli si trasformò in un eterno passato pervaso di commozione. Aspettava il momento in cui lei gli avrebbe chiesto del figlio, e lui lo avrebbe ricordato così com'era stato fino a qualche anno prima. Nel confidarsi con la Signora Chiara, indulgeva in un'immagine lontana del figlio: Gioacchino ancora adolescente, con tutti e due gli occhi, i brufoli sulle guance e la promessa di un futuro raggiante. Preferiva ricordarlo in quel modo e con il tempo, parve dimenticarsi del figlio presente, tanto viveva nell'adorazione del figlio passato.

La Signora Chiara, dimentica di qualsiasi conversazione avvenuta con il Signor Morbidelli, continuò a sorprendersi ogni volta nel trovare il nobiluomo fuori dalla sua porta, con i biscotti in mano e un sorriso da bambino. L'uomo sperava con tutto se stesso di poter condividere il tempo con la Signora Chiara e con nessun altro, eccetto che col marito silenzioso. Mentre loro parlavano e ridevano in cucina, il Signor Antonio era rimasto sempre seduto sulla poltrona di pelle e senza mai proferire parola, come non se non si fosse accorto della presenza del Signor Morbidelli in casa. Il Signor Morbidelli si chiese cosa ci fosse ancora dell'uomo incredibile di cui aveva sentito parlare, si rispose che doveva essere un problema di nervi, e che alla fine andava bene così, con il Signor Antonio muto che non avrebbe ostacolato quei loro momenti fatti di ricordi ed effimera felicità.

Così il Signor Morbidelli e la Signora Chiara trascorsero giorni, settimane, mesi e poi anni indisturbati intorno al tavolo della cucina, intenti a ricamare il passato. Gli abitanti di Filaccione notarono le visite frequenti del nobiluomo e in paese si diffusero le voci più disparate. Alcuni parlarono di poligamia e perversione mentre altri, discostandosi da tali oscenità, dissero che il Signor Morbidelli era sicuramente in affari con il Signor Antonio e chissà cosa stavano complottando. Altri ancora dissero che il Signor Antonio doveva essere morto, che nessuno lo aveva più visto, e che sicuramente il Signor Morbidelli era ora l'amante della Signora Chiara. Il Signor Morbidelli era al corrente di quel continuo vociferare e non se ne curava. Sarebbe stato disposto ad accettare le illazioni di qualsiasi malalingua fintanto che la Signora Chiara e il suo segreto fossero rimasti solo suoi per sempre.

6

La tranquillità di quella vita segreta durò finché un giorno il Signor Morbidelli bussò alla porta della Signora Chiara e ci trovò la Vedova Rinaldi. Era una donna di appena cinquant'anni priva di alcuna particolarità se non per un nevo sul mento coperto da lunghi peli neri. Le persone che la conoscevano meglio dicevano fosse una donna senza scrupoli, capace di vedere l'opportunità in ogni circostanza. Nessuno la ricordava per il colore degli occhi o dei capelli, a volte nemmeno per il suo nome, la si rammentava solo per via del nevo e per le circostanze che l'avevano resa vedova. Non si dava pace da quando il marito era morto. Lo avevano trovato nudo con il cuore fermo nel letto di una prostituta e il lutto e la vergogna avevano rinchiuso la Vedova dentro casa. Il Signor Morbidelli la ricordava con gli occhi rossi al funerale. Quando la vide capì che, al tavolo della Signora Chiara, non era rimasto nulla della Vedova Rinaldi. Era di nuovo la Signora Rinaldi di altri tempi, parlava del marito che aveva fatto fortuna nel commercio d'arte e che spesso andava fuori per lavoro. Talvolta lo aveva accompagnato per le gallerie sparse per tutto il mondo e si dilungava su quei viaggi in cui aveva imparato ad apprezzare la bellezza.

La Signora Chiara annuiva, le faceva domande su quella vita ormai passata, e la Vedova sciorinava parole sui regali con cui il marito la ricopriva. Il Signor Morbidelli capì subito che la Vedova doveva sapere del male della Signora Chiara, ma quel che lo colpì non fu che proseguì a parlare del marito morto come se fosse ancora vivo, ma che non smise di farlo quando entrò lui. Che avesse capito tutto? Si chiese il padre di Gioacchino. Che la Vedova avesse capito che il Signor Morbidelli si sedeva a quello stesso tavolo per avere in dono la medesima consolazione? La donna lo salutò senza alcun imbarazzo e lo invitò a sedersi per bere un caffè con loro.

«Signor Morbidelli, quanto tempo!»

«Signora Rinaldi» disse lui, con il cappello in mano e la testa piegata in segno di saluto. «Signora Chiara...» Sentì il volto accendersi di vergogna. La Vedova notò le guance paffute del Signor Morbidelli divenire rosse e poi umide di sudore, come il resto del viso. L'uomo si strofinò gli occhi senza dire che la vista, per qualche secondo, gli si era d'un tratto appannata.

«Ho saputo dei suoi biscotti, dicono siano i più buoni di Filaccione», disse lei entusiasta, mentre cercava di celare una certa tensione. Il Signor Morbidelli cominciò a sentire di nuovo il formicolio ai piedi che per molto tempo aveva ignorato, distratto dalla nuova vita immaginaria.

«Quali biscotti?», chiese sorpresa la Signora Chiara, che non ricordava della casa dolciaria del Signor Morbidelli.

«La gente dice tante fesserie, sono solo biscotti, mi fanno passare il tempo», rispose il Signor Morbidelli, e passò sulla fronte madida il fazzoletto bianco.

«Sempre troppo modesto Signor Morbidelli, ci riveli il segreto dei suoi biscotti!» lo incalzò la Vedova.

La Signora Chiara, incuriosita, chiese di sapere di più e il Signor Morbidelli le disse della sua casa dolciaria aperta ormai da tempo e del successo del biscotto Morbidello. Ci fu qualche secondo di silenzio, la Vedova Rinaldi soppesò le parole, in dubbio se unirsi al segreto che da quel momento li avrebbe legati.

«E come sta Gioacchino?», chiese allora, come a sfondare tutte le barriere.

Il Signor Morbidelli trattenne il respiro e sentì di nuovo la fronte ricoprirsi di sudore: la Vedova Rinaldi sapeva tutto, ora era certo che conoscesse il motivo delle sue visite.

«Benissimo, studia, vuole diventare un medico» disse lui, come per stipulare il patto. Lei lo guardò negli occhi, compiaciuta della sua intuizione.

"Saremo vigliacchi insieme" avrebbe voluto dirle il Signor Morbidelli, ma non servirono ulteriori parole.

«Ma che bella cosa! Bello e intelligente, cosa altro avrebbe potuto desiderare?» disse la Vedova Rinaldi, mentre sorseggiava l'ultima goccia di tè rimasta nella tazza. Seguirono parole di convenienza, simili a una qualsiasi conversazione che sarebbe potuta avvenire fra i due fino a pochi anni prima. Finita la visita, la Vedova Rinaldi si congedò, e una volta davanti la porta, si voltò verso il Signor Morbidelli. Anche lui la guardò, insicuro se quel che aveva ora davanti fosse lo sguardo di un complice o di un nemico. Il Signor Morbidelli avrebbe voluto dire alla Signora Chiara di non aprire mai più la porta a nessuno se non a lui, ma sapeva che lo avrebbe dimenticato e a quel pensiero strinse le labbra fra i denti e tacque.

La Vedova Rinaldi proseguì a far visita alla Signora Chiara; ogni settimana parlava del marito devoto, quello che l'amava e che sarebbe morto accanto a lei, nel loro letto. Dato che la Signora Chiara non ricordava le conversazioni precedenti, ogni volta la Vedova Rinaldi ricominciava dallo stesso punto, da quando si erano incontrati per poi lasciarsi trascinare nella vita formidabile che i due avevano vissuto. Visita dopo visita, la storia si arricchiva di dettagli commoventi, a volte veri e a volte fantastici, finché la narrazione arrivava a confondersi tra finzione e realtà. La Vedova Rinaldi usciva da ogni incontro sempre più convinta che la vita coniugale che avrebbe desiderato, fosse veramente esistita. Le circostanze che condussero alla morte il marito divennero dapprima più tollerabili e poi fu come se non fossero mai realmente accadute.

La nuova serenità della donna non passò inosservata. Alcuni le chiesero se avesse conosciuto un altro uomo, o se fosse stata la fede, o gli unguenti del farmacista contro la melanconia, finché un giorno la Vedova confessò tutto al gioielliere.

Contemporaneamente alle visite dalla Signora Chiara, aveva ripreso la frequentazione del negozio di preziosi, dove comprava collane, orecchini, anelli e bracciali che donava a se stessa, così come era solito fare il marito. La Vedova, che amava le perle, da quando aveva cominciato a parlare con la Signora Chiara aveva cambiato gusti. Ora cercava colore e luce: aveva coperto i polsi, le dita, il collo e i lobi delle orecchie con brillanti, zaffiri, smeraldi e rubini, che alternava a secondo del giorno e dell'umore. Il gioielliere era un uomo alto e magro, dal volto emaciato, che rimandava un'espressione triste. Aveva perso peso negli ultimi anni e le guance si erano come allungate in due sacchette vuote che ricadevano sui lati della mandibola, conferendogli l'aspetto di un bassotto. Nel paese, alcuni lo chiamavano ancora Ragionier Lecis, giacché si era formato come tale, ma poi il padre era morto prematuramente di polmonite, lasciandogli in eredità, a soli venticinque anni, la gioielleria di famiglia. Con essa, il Ragioniere ricevette come lascito paterno pure la mamma e le due sorelle zitelle e nullatenenti. Da quell'istante dovette familiarizzare non solo con la gemmologia, ma anche con l'idea che la sua vita non sarebbe stata più in suo possesso, ma delle donne che avrebbe dovuto mantenere da quel momento in poi. Aspre, gli riversavano addosso i loro malumori, spesso lo rimproveravano, e il gioielliere aveva preso a viaggiare per lavoro, diceva, ma in realtà per sfuggire all'asfissia provocata dalle tre. Un giorno, tornò da un viaggio accompagnato da una ragazza francese, Valerie. La giovane rimase in attesa di una promessa di matrimonio da parte del gioielliere, ma le donne della famiglia Lecis ostacolarono il fidanzamento per anni, fin quando Valerie, stufa di aspettare un matrimonio che non sarebbe mai arrivato, andò via con un altro uomo. Lasciò Filaccione nello stesso periodo in cui la gioielleria perdeva uno dei suoi clienti più affezionati: il Signor Rinaldi. Il gioielliere ricordava bene il commerciante d'arte: i denti anneriti dal tabacco, il modo in cui fumava una sigaretta mentre parlava delle sue scappatelle e della prostituta che era poi diventata la sua amante di lunga data. Il ricco signore si dilungava nel raccontare, come se il piacere di quelle tresche non finisse con il loro compimento ma continuasse attraverso la loro condivisione con altri uomini, dei quali cercava di suscitare l'invidia e l'ammirazione. Al gioielliere era rimasta impressa l'immagine dell'ultima volta che lo vide uscire dal negozio: era avvolto in un cappotto di cashmere nero, aveva una sigaretta nella mano destra e due pacchetti in quella sinistra: contenevano gli orecchini di perle per la moglie e quelli di brillanti per l'amante.

La Vedova Rinaldi era tornata in gioielleria pochi anni dopo la morte del marito con addosso il sorriso smagliante di un tempo e aveva chiesto di provare il braccialetto esposto in vetrina. Il gioielliere la ricordava distrutta dal pianto il giorno del funerale. Prima che potesse chiederle come stesse, la Vedova Rinaldi apparì commossa e si asciugò gli occhi con un fazzoletto.

«Non pensavo sarei più venuta qui… si ricorda quando passavo e le dicevo cosa avrei voluto, così che potesse indirizzare la buonanima di mio marito?»

Il gioielliere annuì.

«E ogni volta mi portava proprio quello che le avevo indicato», seguì una risata isterica. «Eh, ma io facevo sempre l'aria sorpresa, "chi se lo sarebbe mai aspettato!" gli dicevo… che bei tempi erano quelli» disse divertita e senza ombra di malinconia, come se quei giorni non fossero trascorsi davvero. Il gioielliere rimase confuso nel vedere la tranquillità con cui la Vedova raccontava della sua vita, come non serbasse più astio per il modo in cui il marito se ne era andato. La Vedova Rinaldi, emozionata nel trovarsi di nuovo in quella gioielleria, non riuscì a trattenersi e spiegò il perché di tanta felicità.

«La Signora Chiara non sa che è morto. Eh, lo sappiamo tutti che la poverina ha problemi di memoria. Un giorno la incontrai al mercato, e mi chiese come stava la buonanima. E chissà come mai, invece di alzare gli occhi al cielo come avevo fatto fino ad allora, le dissi che stava bene, che avremmo passato l'estate sull'isola di Tegea. Ecco, come glielo dissi, sentii come un calore nel petto. Mi sembrò fosse davvero possibile, che forse io e mio marito stavamo davvero per andare in villeggiatura. E lei mi chiese se avessimo ancora quella casa di famiglia, se mio marito fosse già tornato dal suo ultimo viaggio di lavoro e poi insistette per vedere il nuovo gioiello ricevuto in dono» la Vedova sospirò trasognante. «Non mi sentivo così felice da tanto tempo. Fu come se niente fosse mai accaduto. Almeno agli occhi della Signora Chiara, io e mio marito eravamo ancora insieme, eravamo ancora in quella vita che una volta avevo amato. E nel parlarle mi sono sentita di nuovo in quella vita. Eh, ma d'altronde se quella realtà esiste ancora nella mente di una persona, allora può esistere nuovamente anche per me. Chi avrebbe mai immaginato che la dimenticanza potesse essere un dono?»

Un lampo attraversò gli occhi del gioielliere. La Vedova intuì il pensiero non detto.

«Eh, ma ora che ci penso, Valerie è andata via solo quattro anni fa, non è vero?» Il gioielliere si sedette e annuì. La Vedova Rinaldi capì allora che non sarebbe stata la sola a poter trarre del vantaggio dalla dimenticanza della Signora Chiara, e che forse, con un po' di ingegno, sarebbe riuscita anche a ricavare dei profitti da quella situazione; così si rivolse al gioielliere con malizia.

«Ormai io e la poveretta siamo amiche intime. Stiamo sempre insieme. La Signora Chiara mi dà retta. Se volesse, potrei organizzare un incontro fra voi. Forse anche lei potrebbe scambiare due chiacchiere con la poveretta. Che male ci sarebbe? Che ne dice?»

Il gioielliere era rimasto frastornato, non fece in tempo a elaborare una risposta che la Vedova Rinaldi lo incalzò. «Certo, lei non sarebbe il primo uomo a presentarsi a casa della Signora Chiara. Immagino avrà sentito delle visite del Signor Morbidelli. Lasci che le sveli un segreto: la Signora Chiara non ricorda che Gioacchino sia pazzo da legare. Capisce ora? Capisce come mai il Signor Morbidelli la va a visitare? Sono convinta però che se parlassi con la Signora Chiara e con il Signor Morbidelli si potrebbe trovare un modo per ritagliare del tempo anche per lei. Insomma, mi faccia sapere, sono sicura che troveremo un accordo di reciproca convenienza» Il gioielliere aveva gli occhi sbarrati e il cuore in gola: davvero c'era un modo per tornare ai giorni in cui Valerie era ancora al suo fianco? Scattò in piedi e afferrò il braccialetto, poi lo porse alla Vedova. «Organizzi questo incontro Signora Rinaldi, il prima possibile per carità.» Lei prese il braccialetto in pegno, annuì e disse che gli avrebbe fatto sapere. Quando si allontanò, un timido sorriso fece capolino tra le guance da bassotto del gioielliere.

7

Quello stesso giorno, il gioielliere aveva parlato con il calzolaio, che aveva parlato con il pasticcere, che ne aveva parlato con il cugino muratore e in un baleno tutti a Filaccione erano stati messi al corrente delle visite a casa della Signora Chiara e di come questa portasse tutti indietro nel passato.

Nell'arco di poco tempo, quasi ogni abitante di Filaccione era andato a parlare con la Signora Chiara almeno una volta. Le file davanti la porta si fecero più lunghe e così i compaesani dapprima si lamentarono sul perché uno dovesse avere la precedenza sull'altro, e poi organizzarono i turni, sempre approvati dalla Vedova Rinaldi. La donna si era presentata a tutti come l'amica più cara della Signora Chiara, quasi una sorella, l'unica che la capiva e aiutava, la sola che avrebbe potuto regolare l'andirivieni di persone che entravano e uscivano dall'abitazione della donna.

La domenica, la casa della Signora Chiara era gremita di persone e si era ormai creata una sorta di sagra di paese, dove ognuno portava qualcosa da condividere con gli altri, dalle crostate di crema con le fragoline di bosco, al vino del proprio vigneto. La parrocchia si era svuotata e Don Giorgio, il parroco di Filaccione, da tempo celebrava la messa con uno sparuto gruppo di fedeli.

La Vedova Rinaldi decideva l'ordine delle visite ed era diventata per questo una vera e propria autorità in paese. Aveva cominciato a ricevere doni dalle persone più disparate, che chiedevano in cambio di essere favorite nella lista di attesa della domenica. Così la Vedova Rinaldi ora contava nel suo armadio nuovi foulard, nuove scarpe, una collana di lapislazzuli e altri doni, più di quanti il marito le avesse mai portato dai suoi viaggi o dalla gioielleria.

La Signora Chiara continuava a ricevere tutti con il suo sorriso gentile, a parlare dei tempi andati, ma ancora presenti nella sua mente. Il calzolaio non aveva mai preso a calci e pugni la moglie che poi era scappata, e lui viveva nei giorni lontani in cui la corteggiava timidamente nell'attesa di un "sì". L'amante francese del gioielliere aspettava una promessa di matrimonio, e non lo aveva ancora lasciato per tornarsene in Provenza con un medico mentre lui ancora sognava di imparare il francese nella speranza di parlare un giorno con i figli bilingue. Erano tutti salvi. Tutti erano tornati in un momento lontano in cui la vita sembrava gentile. Per la prima volta, la Signora Chiara fu al centro dell'attenzione, una sensazione nuova ogni giorno, giacché non aveva memoria di quello precedente. In vita sua, non aveva mai conosciuto l'interesse degli altri, non aveva mai saputo come ci si sentisse a essere vezzeggiata e adorata. Il marito era stato l'unico a notarla, ma quell'interesse era stato fugace.

Era durato il tempo che permettesse di comprendere al Signor Antonio che della moglie aveva amato solo un'idea, nutrita più d'illusione che di realtà. Fu così che le attenzioni del Signor Morbidelli, della Vedova Rinaldi e poi del paese intero, resero la Signora Chiara euforica e, forse, felice. Nessuno a Filaccione si chiese se quell'utilizzo egoistico che si faceva del tempo e della malattia della poverina fosse giusto. La Signora Chiara sorrideva, non provava risentimento verso nessuno, non si accorgeva di essere diventata un mezzo che la gente utilizzava per tornare là dove un tempo erano stati felici. Un Caronte inconsapevole, in grado di traghettare i nostalgici dal presente al passato. Non capiva che quel che alimentava quell'interesse verso la sua persona era la fame per il passato, e non un amore per lei. Così, la Signora Chiara accoglieva in casa la gente di Filaccione e con loro una nuova euforia rinnovata ogni giorno, rigenerata dalla dimenticanza e dalla sensazione che d'improvviso qualcosa di inspiegabile fosse cambiato: si sentiva, in quegli istanti, degna d'amore come mai era accaduto prima.

Il Signor Morbidelli non condivideva la stessa gioia. Si era rifiutato di rispettare le file, e così aveva chiesto alla Vedova Rinaldi di fare in modo che tutti a Filaccione sapessero che un giorno della settimana sarebbe stato riservato a lui. Per ammansirla, le portò in dono gli orecchini di rubini che erano stati della moglie e altri cimeli di famiglia, e senza bisogno di ulteriori contrattazioni i due trovarono un compromesso.

***

Il lunedì mattina, mentre le botteghe aprivano e i bambini correvano in uniforme a scuola, il Signor Morbidelli si svegliava di buona lena per andare a bussare alla porta della Signora Chiara. Lei si dimostrava sempre gentile nei confronti del nobiluomo, più gentile di quanto non fosse con chiunque altro. Il Signor Morbidelli era l'unico a farla arrossire quando ogni settimana le portava i fiori e una scatola di biscotti Morbidelli, e lui se ne accorse. Si chiese come fosse possibile che una donna senza memoria, senza presente e senza futuro, potesse aver sentimenti nuovi verso di lui. Si chiedeva se si stesse illudendo, o se la luce che aveva riconosciuto negli occhi della Signora Chiara fosse davvero la stessa che aveva visto negli occhi delle altre donne che aveva ammaliato in passato. Non capì che la Signora Chiara non aveva sentimenti nuovi, ma che l'attrazione che provava per lui era in realtà generata da un affetto antico.

Il Signor Morbidelli era stato l'unico erede di una famiglia di latifondisti. Il padre, il Dottor Gioacchino Morbidelli, fu il primo Morbidelli a scegliere di studiare e diventare un professionista contro il parere di tutta la famiglia. I genitori gli resero chiaro fin da subito che lavorare fosse il sacrificio del volgo e non richiesto agli uomini del loro rango, persone che avrebbero potuto vivere con tutti gli agi, senza sporcarsi le mani. Laureatosi in Medicina e Chirurgia a soli ventiquattro anni, il Dottor Morbidelli aveva dedicato la vita ai malati, senza mai chiedere l'onorario. Si era sposato e aveva avuto un figlio per convenzione, per dare almeno quella gioia ai genitori, ancora indignati dalle sue scelte lavorative. Al medico la famiglia non interessava granché, la sua vita era la Medicina. Quando i genitori morirono, il Signor Morbidelli ereditò la fortuna che il Dottor Morbidelli non trovò mai il tempo di sperperare, giacché lavorò sempre troppo per far uso dei suoi soldi. Aveva una passione per le cause perse, e trascorreva tutto il tempo a sperimentare cure innovative sui moribondi. All'inizio la moglie si lamentò della sua assenza, prima con i pianti, poi con le urla e infine minacciando di andarsene, ma con il tempo la fortuna del marito la addolcì e scoprì che si poteva vivere benissimo senza un uomo, ma solo con i suoi averi.

Aveva dato alla luce un figlio nella speranza di guadagnarsi l'attenzione del consorte e, quando questo smise di interessarle, si dimenticò anche del bambino.

Il Dottor Gioacchino Morbidelli cercò di spiegare al figlio perché non era mai con lui, provò a fargli capire cosa volesse dire rinunciare a tutto per assolvere a un compito più grande, ma poi realizzò che era più semplice colmare la sua assenza, e lenire il senso di colpa, con i regali. Trenini, palloni e soldatini erano solo alcuni dei doni che a poco a poco avevano riempito il vuoto lasciato dal Dottor Morbidelli. Fu così che il figlio imparò che il denaro poteva comprare tutto, anche il tempo che il padre gli aveva negato. I soldi permisero al giovane Signor Morbidelli di andarsene da Filaccione, di riempire gli anni che seguirono la morte dei genitori con viaggi esotici. Nessuno seppe mai quante terre avesse visitato, o quante amanti avesse avuto. Tornò a Filaccione anni dopo, brillante di una nuova conoscenza, dimentico del padre defunto di cui non aveva che pochi ricordi. Ricordava i trenini, ora impolverati nell'attico. Pensò di andare a cercarli, e fece uno sforzo di memoria per capire in quale scatola li avesse riposti. Al solo pensiero, però, una nostalgia che non provava da molto gli pungeva il cuore, allora abbandonò l'idea di ritrovare le tracce del suo passato e non mise mai piede nell'attico.

Quando tornò, la Signora Chiara, da anni sposata con il marito burbero, aveva già accettato l'assenza dell'arrivo di un figlio, ed era consapevole che non avrebbero mai esplorato il mondo.

Ella aveva in sé un'ammirazione per gli avventurieri. Fu questo che la colpì del marito quando lo conobbe. E che la colpì del Signor Morbidelli quando tornò a Filaccione dopo anni passati in giro per il mondo. Allora trentenne, aveva incontrato a messa il Signor Morbidelli, suo vecchio compagno di classe al tempo delle elementari, e gli aveva chiesto dei suoi viaggi. Lui, che non l'aveva mai notata alle elementari e ancor meno al suo ritorno, rispose con poche parole distratte, per poi liquidarla con i dovuti convenevoli. Non se ne accorse all'epoca, ma quando le disse che era stato in Africa le mani della Signora Chiara avevano tremato e il cuore aveva preso a battere più forte. Quando il Signor Morbidelli stava andando via, la Signora Chiara lo aveva seguito con gli occhi finché non era scomparso, immaginandosi con lui mano nella mano, alla volta del continente africano.

Alla Signora Chiara piaceva immaginare e leggere le storie di amanti e avventurieri. Sognava un giorno di far parte di quei romanzi fantastici. Sapeva in cuor suo di non avere nessuna qualità per divenire la protagonista delle vicende memorabili che avvenivano nella sua mente, ma sperava che un giorno, un uomo coraggioso l'avrebbe portata lontano, per iniziare una nuova vita. Aveva conosciuto il marito tramite il cugino pescatore. Lui aveva il mal di cuore, le avevano detto. Era approdato a Filaccione dopo un lungo viaggio in mare. Lei aveva tremato nell'immaginare la sua vita travagliata, e sperato che quell'uomo affascinante le chiedesse di sposarla il giorno stesso.

Il Signor Antonio rimase invaghito dal sorriso e dalla docilità della giovane Chiara, e contemplò la possibilità che con lei al suo fianco avrebbe potuto trasformare la sua esistenza insopportabile in una vita semplice, quella che non aveva mai avuto. E così le aveva chiesto la mano e lei aveva accettato. La Signora Chiara fu sempre fedele al marito, ma l'assenza di personalità e di amor proprio fecero sì che cercasse entrambe le caratteristiche in chiunque stuzzicasse la sua fantasia. Così rimase sempre a fianco del Signor Antonio, ma sempre fantasticando nuove avventure, sia con il marito che con chiunque le facesse immaginare finali esotici su terre lontane. A volte pensò di fuggire con gli zingari che passavano per Filaccione, immaginando che l'avrebbero portata ai confini del mondo, di avere una famiglia con il gioielliere, seppur l'uomo fosse molto più giovane di lei, giacché in passato questi era partito alla ricerca di pietre rare in posti remoti e quando il Signor Morbidelli perse la moglie, sognò di poterla sostituire e crescere il figlio che aveva lasciato. Per anni cercò di incontrare il Signor Morbidelli nella parrocchia o in strada. Non le interessava conoscerlo o farsi conoscere, le serviva soltanto che lui fosse vicino abbastanza da ritagliare scampoli della sua persona per inserirli nella sua immaginazione in un disegno più grande, e così ricamare una grande storia d'amore di cui solo lei avrebbe saputo.

8

Nonostante le pietre, il corpo gonfio di morte del Signor Antonio venne a galla. Fu ritrovato tra le reti di pescatori che non credettero ai loro occhi quando videro il corpo livido e in parte decomposto, senza riconoscerlo. Giacché a Filaccione non c'era stata nessuna denuncia di persona scomparsa, si pensò che il cadavere fosse stato trasportato dalla corrente da qualche paese limitrofo. Dopo giorni di ricerche, la salma non aveva ancora un nome, ed era stata lasciata a congelare in una cella frigorifera. Se Rino, il pescatore che per primo aveva avvistato il corpo, non avesse sfilato la fede d'oro dal cadavere, il morto sarebbe stato identificato immediatamente. Invece la fede con inciso dentro il nome della Signora Chiara era finita nella tasca di Rino, per poi essere venduta al mercato dell'oro e infine sciolta per farne un altro anello. Nessuno aveva notato l'assenza del Signor Antonio, erano anni che non usciva di casa. Né tantomeno la moglie avrebbe potuto ricordare di non averlo visto da giorni. Il corpo freddo giaceva nella cella frigorifera ancora senza un nome. Non era mai accaduto a Filaccione di avere un cadavere non identificato. Era un paese piccolo dove ognuno sapeva tutto di tutti, e se qualcuno moriva o nasceva, il paese ne era informato all'istante. Era come se gli abitanti lavorassero a un continuo censimento: chi era morto, chi era nato, chi aveva fatto fortuna, chi invece l'aveva dilapidata, chi si sposava e chi si lasciava e così via, in una lista infinita di vicende umane che mai erano sfuggite alle voci di paese.

Il caso della salma senza nome era quindi un'anomalia. Dapprima a parlarne furono solo i pescatori che avevano ritrovato il corpo tra le reti, ma la singolarità della situazione incuriosì gli abitanti di Filaccione e cominciarono a diffondersi voci, per lo più congetture, su chi fosse il morto congelato che attendeva un nome prima di essere sepolto. I due uomini, che avevano denudato il cadavere per pulirlo, avevano raccontato dei sassi nelle tasche e del giubbotto con i pesi, elementi che suggerirono che si trattasse di un suicidio. Nessuno notò la lettera macera custodita in un taschino e così fu buttata via con il resto degli indumenti. La vicenda preoccupò Don Giorgio, il quale non avrebbe permesso a nessuno di seppellire un suicida con rito cattolico. Allo stesso tempo, il prete aveva timore che negare un funerale potesse arrecare ancora più danno alla sua parrocchia svuotata e così bisognosa di fedeli. Da poco tempo aveva scoperto il perché gli abitanti di Filaccione fossero scomparsi dalla sua parrocchia a poco a poco. Nessuno aveva avuto il cuore di spiegare la propria assenza al prete finché una domenica, Don Giorgio, trovatosi solo nella parrocchia deserta a passarsi la mano tra la barba incolta, decise di andare a cercare quelli che avrebbero dovuto essere chini sugli inginocchiatoi. Filaccione era un paese piccolo, e dopo meno di trenta minuti di ricerche, li trovò fuori casa della Signora Chiara. Si scambiavano vino e dolci, uno aveva anche portato una chitarra e la suonava, mentre altri cantavano in coro i vecchi stornelli. C'erano uomini e donne, ma non solo, avevano portato anche i bambini che giocavano tra di loro euforici nell'aria di festa che si era creata. L'immagine gli ricordò la folla che inneggiava il Vitello d'Oro, e la sua ira si accese contro di loro. Gli abitanti di Filaccione videro il prete correre verso di loro goffamente nella sua tunica nera.

"E ora come glielo spieghiamo?" in molti si chiesero senza parlare. Don Giorgio, rosso di collera, li raggiunse e gli disse che erano degli ingenui, che sarebbero bruciati tutti all'inferno, e poi cominciò a inveire contro il vitello d'oro. Gli abitanti di Filaccione non furono certi di comprendere l'invettiva del prete, in molti non sapevano nemmeno dell'idolo creato durante l'assenza di Mosè, ma gli dissero che la Signora Chiara era una sorta di santa. Lui si arrabbiò ancora di più, avrebbe voluto strozzarli tutti.

«Bifolchi senza senno!» prese a urlare. Smise solo quando vide la Vedova Rinaldi uscire sorridente prima di incrociare il suo sguardo. Aveva passato ore ad ascoltare la Vedova nel suo confessionale. Lei non andava dal prete a confessare i suoi peccati, ma a parlare del dolore lancinante che la perdita del marito le aveva arrecato. Raccontava di come lui l'avesse tradita e umiliata e chiedeva perché Dio le avesse riservato un destino così crudele. Don Giorgio non sapeva mai cosa dirle, il mistero della fede non sembrava portarle alcuna consolazione, così come non la consolavano le preghiere o le parole di supporto che le offriva. Aveva spesso pregato il Signore di lenire la sofferenza della donna senza mai riuscire a scovare un'espressione di felicità sul volto di lei. La Vedova si era chiusa dentro casa e usciva solo per la messa e per la spesa. Smise di andare in parrocchia a confessarsi e il prete per un attimo aveva temuto che si fosse ammazzata. La cognata della Vedova Rinaldi gli aveva fatto sapere che stava bene, ma lui non ci aveva mai creduto. E ora era lì davanti ai suoi occhi, che sorrideva.

«Don Giorgio» disse sorpresa.

Lui non le rispose, ma continuò a guardarla come se di fronte avesse avuto un fantasma.

«Don Giorgio venga con me» gli si avvicinò e gli chiese di andare a parlare da un'altra parte. Il prete avrebbe voluto piangere. Gli occhi si fecero lucidi e senza obiettare seguì la Vedova Rinaldi. Si avviarono verso il lungomare, sotto un cielo terso, mentre una brezza leggera soffiava sul loro volto, impregnando la barba del prete con un'aria di salsedine. La Vedova gli spiegò che la Signora Chiara era ferma nel passato. Che parlando con lei ognuno poteva tornare indietro ai giorni in cui la vita non era ancora stata definita, ai giorni in cui tutto poteva ancora essere. Gli disse della serenità ritrovata seduta al tavolo della Signora Chiara, dove suo marito ancora non era morto. Gli disse del Signor Morbidelli che in quella casa non aveva più un figlio pazzo, ma un adolescente con ancora tutta la vita davanti. Lui ascoltò parte della conversazione, ma poi rimase come confuso quando il vento leggero spostò i capelli della Vedova, spargendo delle ciocche sul viso. Le sembrò bella, nonostante il nevo sul mento ricoperto di peli neri. Era la sua serenità a renderla bella. La donna si accorse che il prete non la seguiva più, allora si fermò. Si fermò anche lui, e la Vedova lo guardò con occhi imploranti: «Don Giorgio, non ce ne voglia, ma la Signora Chiara ha portato la gioia.»

Non fu sicura che quelle parole fossero riuscite a placare la sua collera. Don Giorgio ascoltò e poi le disse solo che avrebbe voluto parlare con la Signora Chiara.

Tutti ammutolirono quando videro il prete tornare, incerto sulle sue intenzioni. Senza abbassare lo sguardo si fece spazio tra gli abitanti di Filaccione, che lo lasciarono passare, e si portò all'inizio della fila per entrare nella casa della Signora Chiara.

9

Il gioielliere alla vista del prete si alzò e gli lasciò la sedia, uscendo in fretta, per poi allontanarsi veloce a bordo della sua berlina come a rifuggire dall'imbarazzo di quell'incontro. Alla vista di Don Giorgio, la Signora Chiara si alzò e sorrise. Il prete aveva incontrato la donna alla messa negli anni passati, ma da tempo non la vedeva più. Gli tornò in mente un giorno in cui la poverina si avvicinò all'altare due volte per prendere la comunione. Pusillanime, Don Giorgio non ebbe l'audacia di chiedere il perché di tale gesto e con imbarazzo le poggiò la seconda ostia sulla lingua. Dopo la funzione, la perpetua spiegò al prete che la donna aveva problemi di memoria, e questi si rasserenò, senza avere alcun sentore all'epoca di quale impatto la Signora Chiara e la sua mente persa avrebbero avuto in futuro sulla sua vita. Da quel giorno in poi se la ricordò non solo per il difetto di memoria, ma per le mani deformate dall'artrite, giunte in preghiera. Era stato trasferito a Filaccione cinque anni prima, ma stando ai racconti della Perpetua e della Vedova Rinaldi, la Signora Chiara doveva aver perso la memoria già da allora. Così si presentò.

«Salve Signora Chiara, sono Don Giorgio, il nuovo parrocchiano di Filaccione.»

«Salve» disse lei, con gli occhi azzurri puntati sulla sua figura. Fu lì che il prete intercettò il suo sguardo per la prima volta. La donna si sedette e lui, esausto, si abbandonò sulla sedia come ci si abbandona a una condanna.

«È da poco che si è trasferito a Filaccione?» chiese la Signora Chiara dimentica di aver mai incontrato il prete.

«Sì, da poco...» mentì lui, ancora con lo sguardo sui piccoli occhi azzurri.

La Signora Chiara rimase in silenzio e sorrise, nella speranza che il prete iniziasse a raccontarle dei luoghi in cui era stato prima, delle parrocchie e di come succede che un uomo cambi casa e si trasferisca proprio a Filaccione, dove lei era nata e vissuta. Il sant'uomo si fece coraggio e le parlò, con voce strozzata e le guance rosse di vergogna. «Avevo ventiquattro anni quando me ne andai di casa. Non ricordo davvero perché me ne andai. Alle persone che ho incontrato nella mia vita, ho detto che era per via del lavoro o della corruzione del mio paesino, ma in realtà non ne sono più sicuro e non credo ne fossi sicuro nemmeno all'epoca». Sospirò con imbarazzo, poi proseguì.

«Andarsene. Lasciare madre e padre, fratello, nonni, zie, gli amici e i luoghi familiari. Non è mica cosa da poco. Avevo sperato che qualcuno mi fermasse, che i miei genitori o gli amici mi dicessero di rimanere a casa, con chi mi amava. Ma nessuno lo fece. Penso sia per via del mio carattere. Ero sempre stato io a prendermi cura di tutti, ero l'abbraccio in cui si rifugiavano i parenti e gli amici. Ero sempre io ad avere parole di conforto, e a porgere l'orecchio. Tutti pensavano che sapessi esattamente quello che stavo facendo, tanto non erano abituati a dubitare di me. Ma soprattutto, nessuno credeva davvero che me ne andassi. Forse nemmeno io. Avevo detto che sarei stato via meno di un anno, e loro non dubitarono di me. Perché mai si sarebbero aspettati che proprio io sarei andato via senza voltarmi indietro. Prima della partenza, avrei voluto piangere con un amico, dire che avevo paura. Ma non accadde. Non ricordo più se fossi entusiasta o spaventato, o entrambi, ma con la valigia piena di ricordi andai via. Mia madre pianse per un po', mi scriveva lettere piene di domande, voleva capire, poi si arrese all'evidenza che non sarei tornato mai più.»

La Signora Chiara era rimasta intenta ad ascoltare il prete, nella speranza di un finale più entusiasmante di quell'inizio. Sempre rosso in volto, il prete continuò.

«Quando si parte si pensa, stupidamente, che quel che si lascia indietro rimanga lì ad aspettarci. Non si capisce, il giorno della partenza, che quel che lasciamo indietro verrà piano piano staccato a pezzi, ridotto in brandelli e poi sparirà come non fosse mai esistito. Prima un amico che si sposa, poi uno che muore, poi quello che parte. Anche le strade cambiano nome, e nuove insegne appaiono nei luoghi che si pensava di conoscere a memoria... » Si fermò per il tempo di un altro sospiro, poggiò gli occhi sulle dita deformi della Signora Chiara, che ora teneva le braccia incrociate sopra al tavolo.

«Insomma, quel che si lascia non rimane lì. Cambia, e poi piano piano scompare. E si diventa orfani. Ora non voglio dire che sia stato questo ad avvicinarmi al Signore. Non voglio nemmeno dire che ero stanco delle mie scelte e che mi sono abbandonato al volere divino.

Non lo voglio dire perché potrei sembrare un codardo. Uno che sotto questi panni ha nascosto solo paure. E poi però, anche se non lo condivido, mi sento addosso questa colpa: di non aver vissuto la vita che speravo, di averne trovata un'altra, forse più gentile, o forse solo più vigliacca. Quando me ne sono andato, ho pensato che avrei costruito un futuro mio, o trovato un posto dove avrei esaudito i miei desideri. Non so se quel posto esista, ma ecco non credo siano questi i panni o i luoghi che avevo immaginato.»

Era la prima volta che parlava in quel modo. Gli parve che quella sua confessione di fronte alla Signora Chiara fosse la prima cosa onesta che avesse detto in tanti anni. Si era confidato perché sapeva che lei non avrebbe ricordato, che per una volta avrebbe potuto confessarsi lui e forse perdonarsi senza che nessuno mai ricordasse il peso che si portava in petto. Si alzò dalla sedia senza dire una parola, impietosito dagli occhi celesti e dalle mani deformi di quella creatura che ora aveva usato anche lui.

Il prete non era più tornato a casa della Signora Chiara da quel giorno. Aveva peccato, non sapeva che peccato fosse, ma sicuramente aveva peccato in quella casa.

Così, erano passati mesi, la parrocchia era rimasta vuota e lui era incerto se lasciare o meno Filaccione. Quando contemplava la partenza, l'immagine della Vedova Rinaldi gli tornava in mente, e così esitava e poi pregava. A volte la sognava, per poi chiedere perdono a Dio per il suo cuore impuro. Fu il morto congelato e suicida a levargli ogni dubbio: era ora di andarsene. La morte di un uomo senza speranza parve scuotere il prete dopo un lungo torpore, come a ricordargli che la vita è un esile filo in tensione, breve e fragile. Il sant'uomo capì che non c'era più tempo da perdere in un'esistenza insignificante. Mentre tentennava nel cercare di decidere come e quando se ne sarebbe andato, e cosa avrebbe detto alla Vedova, chiese di vedere il corpo del defunto, giacché essendo vissuto nei paesi vicini negli anni prima, avrebbe potuto aiutare a identificare il cadavere. Non gli avrebbe dato la benedizione, ma forse avrebbe potuto dargli un nome.

10

Fu Carlo, un ragazzo gracile, ad aprire la porta dell'obitorio. Don Giorgio gli chiese di vedere il morto senza nome e il giovane lo invitò a seguirlo. Notò le sopracciglia nere e folte del giovane, e da quel momento in poi lo ricordò così. Carlo aprì la cella frigorifera, da cui estrasse il corpo avvolto in un telo bianco. Il prete per un attimo pensò non fosse stata la decisione giusta andare fin lì, aveva lo stomaco debole e sentì un sussulto in petto all'idea di vedere il volto putrefatto di un uomo morto in mare. Carlo spostò il sudario con la naturalezza con cui avrebbe potuto accendersi una sigaretta. Maneggiava la morte con destrezza e indifferenza, come una delle tante cose della vita, di certo non i riti liturgici a cui era abituato il prete. Don Giorgio provò disagio nel notare l'assenza di sacralità nei gesti del giovane, ma non disse niente e si passò la mano sulla barba, come faceva ogni volta che si sentiva in difficoltà. Carlo aveva un'espressione placida distesa sul volto pallido, le sopracciglia folte sembravano in qualche modo in contrasto con l'assenza di peluria sul resto del viso e gli conferivano un aspetto grottesco. Sembrava portare la morte addosso come una cosa da nulla, come se fosse nato per il lavoro che avrebbe svolto per tutti gli anni a venire. Il ragazzo vedeva i preti come figure dotate di una saggezza superiore e per questo motivo non sentì di dover spiegare a Don Giorgio che il morto era in parte decomposto. Si fece indietro, mostrando al prete il volto irriconoscibile del defunto. La pelle pareva avesse assorbito un pallore lunare, mentre il naso, le palpebre e le labbra scarnificate sfiguravano l'aspetto del morto.

Nonostante Carlo credesse alla sapienza della toga, dubitò che Don Giorgio avrebbe riconosciuto qualcuno dei suoi fedeli in quel volto putrefatto. Il parroco guardò il morto e non ebbe il tempo di sentire la nausea salirgli dallo stomaco, che lo riconobbe. Ricordava le persone attraverso piccoli dettagli. Aveva una buona memoria, e rammentava in questo modo centinaia di persone mai viste al di fuori delle grate del confessionale. Erano persone che non si lasciavano guardare in volto, che gli affidavano attraverso la confessione le parole che non sapevano di avere, e con esse la loro vergogna. Speravano che quel posto li avrebbe salvati, se non da Dio, almeno da loro stessi. La grata che li divideva frammentava il volto in un'immagine scomposta, una maschera che permetteva a un uomo di mostrarsi per come fosse. Ed era in quell'immagine disgregata, che Don Giorgio cercava un dettaglio, qualcosa su cui poggiare gli occhi mentre prestava il suo orecchio. Con gli anni aveva sviluppato una certa maestria nello scovare particolari a cui rivolgere lo sguardo, ma si sentiva sollevato quando questi si mostravano senza dover essere stanati. Doveva essere per questo che il neo sul mento della Vedova Rinaldi gli era subito entrato nella mente. Ricordava quell'uomo, ora steso esanime, non solo per via di un angioma sul viso, ma perché a quel particolare, aveva associato una confessione. Serviva la parrocchia di Capo Cave, quando anni prima, il Signor Antonio si era rivolto a lui alla ricerca disperata di un'assoluzione. L'uomo aveva passato la notte a bere e godere nei vicoli della cittadina, finché al mattino si era ritrovato perso. Senza Dio, senza l'amore della donna una volta amata, senza l'amore per se stesso o per qualsiasi altra cosa che avesse avuto un significato.

Mi dispiace se non sono come avresti voluto, ma devi ammettere che è perché sono così che tu mi ami. Davvero preferisci che io rinunci a me per poter accogliere te? Lo so che amarmi ti fa soffrire e credimi, soffro anch'io, ma la vita è una e non vale forse la pena soffrire per noi? Almeno per noi? Perché non c'è scampo al dolore. Troverai una donna a cui legarti, che amerai per noia, e soffrirai comunque. Ti sentirai nel buio della notte a starle vicino, a sentire il tepore del suo corpo addormentato, sperando che ci sia io sdraiata accanto a te. Ti troverai a gemere disperato con chissà quante amanti, e ancora una volta, non basterà. Altre donne ti accoglieranno con un gesto delle gambe, eppure tu sarai lontano, in un posto insondabile alle mani, dove il pensiero di me ti raggiungerà; e scoprirai che non si torna più indietro fino a che un giorno, sarà questa certezza a spezzarti. Soffrirai comunque amore mio, allora tanto vale soffrire per noi.

Il Signor Antonio si era sentito solo come non mai prima di allora; aveva ricordato le carezze sul capo di sua nonna, e si scoprì ancora più solo nel sentirne l'assenza, e quando la malinconia si fece più pungente, vide Don Giorgio aprire le porte della chiesa. Così, ancora sbronzo e al contempo lucido, si era seduto nel confessionale e sottovoce gli aveva confessato ciò che non aveva mai avuto il coraggio di dire a se stesso: nella vita non c'è modo di tornare a quando tutto poteva ancora essere. Aggiunse che non aveva più illusioni, che ogni cosa era così com'era, e se anche avesse potuto tornare indietro non sarebbe stato in grado di prendere scelte differenti. Don Giorgio sapeva bene di cosa stesse parlando, perché anche a lui sarebbe piaciuto tornare al momento in cui tutto poteva essere.

Ricordava il suo nome, Antonio, aveva detto di chiamarsi. Don Giorgio non sapeva che il Signor Antonio abitasse a Filaccione, che fosse il marito della Signora Chiara, che si fosse lasciato morire di depressione su una poltrona di pelle per dieci anni prima di affogare in mare. Così, ammutolito da quel ricordo, disse solo quel che sapeva: «Si chiamava Antonio e costruiva barche».

Pensò tra sé e sé che quell'uomo era stato molto più di quel che aveva detto, e di come quelle poche parole potessero dire molto, senza però spiegare nulla. Lui si chiamava Antonio e io l'ho perdonato per non essere stato quel che avrebbe potuto essere. Lui invece non si è mai perdonato. Sarebbe stata questa la migliore descrizione della salma, ma lasciò stare.

Carlo, sorpreso, sollevò le sopracciglia folte: si ricordava del Signor Antonio. Non lo aveva mai incontrato di persona, ma conosceva le storie su di lui. Ora che il morto aveva un nome sarebbe stato più semplice ricostruire cosa fosse accaduto. In effetti, quelli erano i suoi capelli ricci e, sotto le grinze formate dalla pelle, si distinguevano le sue mani pesanti. Tutti ormai sapevano dell'amnesia della Signora Chiara e si capì perché l'assenza del morto non fosse stata denunciata. Il Signor Antonio era sparito alla vista di tutti già dieci anni prima di essere ritrovato morto, quindi a nessuno sembrò poi così strano che il corpo fosse proprio il suo. Giunta la notizia, il Sindaco tirò un sospiro di sollievo e diede l'ordine di farlo seppellire: finalmente il caso del morto senza nome era stato risolto. La notizia si sparse velocemente a Filaccione, e nell'arco di poche ore, giunse all'orecchio della Vedova Rinaldi.

11

«E ora che si fa?», chiese la Vedova Rinaldi al Signor Morbidelli. Era andata a cercarlo di fretta dopo aver saputo dell'identità del morto. Lo aveva trovato nel suo laboratorio, intento a soppesare la giusta quantità di zucchero per la sua nuova invenzione dolciaria: il biscotto Gioacchino. Il Signor Morbidelli non sapeva che dirle ed era rimasto fermo in silenzio, con le mani in tasca affondate tra le carte dei biscotti Morbidelli, trangugiati mentre lei camminava avanti e indietro sul pavimento sporco di farina.

«Potrebbe uccidersi, sai quanto amava il marito?», disse la Vedova.

Il Signor Morbidelli aveva dubbi sull'immensità di quell'amore, ma non diede voce ai suoi pensieri. D'improvviso, la vista gli si appannò, un evento che capitava in modo sempre più ricorrente negli ultimi giorni, e che lo distrasse. In verità, era da molto che non vedeva in maniera nitida, ma a volte, come stava accadendo in quel momento, era come se tutto intorno a lui divenisse ancora più nebuloso e scuro. Si sfregò gli occhi e quando tornò a vedere, cercò di non pensare a quanto appena accaduto, e di provare a seguire il filo di quella conversazione che poco lo interessava.

«Che poi che senso ha dirglielo? Lo dimenticherà.»

«Ma non è forse peccato non dirle la verità?» replicò la Vedova.

E dopo aver scambiato altre frasi futili, fu la Vedova Rinaldi a prendere una posizione. «Lasceremo decidere a lei», disse, e così se ne andò dal dolcificio senza aggiungere altro.

Il Signor Morbidelli era rimasto perplesso. Pensò che lo slancio d'umanità che la Vedova aveva appena mostrato fosse motivato dalla sua stessa amarezza. Fu come se la morte del Signor Antonio avesse ricordato a entrambi che anche loro erano rimasti soli dopo aver perso chi un giorno avevano amato, proprio come la Signora Chiara ora. E quella dimensione di perdita adesso li accomunava tutti. Il Signor Morbidelli ripensò alla giovane sposa scomparsa tanti anni prima. Gli parve di vedere ancora il velo merlettato del giorno delle nozze, le efelidi sul naso e sulle guance, i denti bianchi, perfetti, incastonati come perle nella bocca, le labbra che baciò a sigillo di una promessa: per sempre. Si chiese se avrebbe voluto dimenticare la donna raggiante che aveva sposato, e che poi aveva perso due volte, prima con la malattia e poi con la sua sparizione. Invidiò la Signora Chiara, poiché lei non doveva fare i conti con la vedovanza, giacché nella sua mente sarebbe rimasta per sempre, seppure infelice, con l'uomo che una volta aveva amato.

"Si è ammazzato quel pazzo" si disse mentre pensava al Signor Antonio e gli sovvennero le parole che questi gli aveva detto solo poche settimane prima di prendersi la vita. E ora che il poveretto era morto, al Signor Morbidelli sembrò che il monologo a cui aveva assistito fosse stato un testamento, e provò rimorso per non aver capito quel giorno che il Signor Antonio era lì a offrirgli tutto ciò che aveva prima di morire. Ripercorse con la mente quel che era accaduto. Il Signor Morbidelli era andato a trovare la Signora Chiara, ma senza trovarla. Preoccupato per non aver visto né lei, né il marito, che non si allontanava mai da casa, era rimasto sull'uscio ad aspettare.

Dopo nemmeno una mezz'ora, il Signor Antonio era tornato dall'ospedale con la moglie sottobraccio e una valigia nell'altra mano. Era la prima volta che la Signora Chiara provava a scappare. Aveva già dimenticato la fuga, la stazione, l'ospedale e aveva chiesto al Signor Morbidelli se gradisse un caffè. Il nobiluomo, dopo aver annuito con il cappello tra le mani poggiate sul petto, aveva aspettato che il Signor Antonio gli facesse cenno di entrare, questi, invece, chiese alla moglie di aspettare dentro, lasciandole intendere che avrebbe voluto parlare tra uomini. L'aria era quella tiepida primaverile: aprile sbocciava in un tripudio di profumi floreali, e a ogni folata di vento, i fiori bianchi del ciliegio si staccavano dall'albero in un volo tenue, per poi cadere sull'erba incolta, sui capelli ricci e ingrigiti del Signor Antonio e sulle spalle contratte dell'ospite.

Il Signor Morbidelli ebbe paura che il momento tanto temuto fosse arrivato: il Signor Antonio gli avrebbe detto di lasciar perdere sua moglie e di non farsi mai più vedere. Magari gli avrebbe anche tirato un meritato pugno sul viso. Già pensava alla somma da offrirgli per il privilegio delle sue visite, quando il Signor Antonio lo guardò negli occhi e per la prima volta gli parlò.

«Mi pare di aver imparato molte cose... e non so che farmene.»

Chinò il volto per un attimo e strinse le labbra, per poi volgere lo sguardo verso la finestra da cui si scorgeva la moglie in cucina. Così il gelo che aveva dentro sembrò sciogliersi, alimentando un torrente di ricordi fino allora dimenticati, un fiume che ora scorreva gonfio, rinvigorito da una nuova sorgente.

«Lei ha dimenticato», disse al Signor Morbidelli senza guardarlo.

«C'è stato un momento in cui avrei voluto dimenticare anch'io, ma non come ha dimenticato lei. Dimenticare chi avevo lasciato indietro e ammalarmi di futuro, un futuro senza passato. Senza sapere più da dove venivo. Dimenticare tutto e ricominciare.»

Il Signor Antonio parlava con gli occhi umidi, trattenendo le lacrime. Prima di quel momento non aveva mai pensato a quelle parole, e lui stesso si era sorpreso di quanto l'emozione lo avesse sopraffatto nello scoprire che la moglie era finita in ospedale. Capì che dopo anni di silenzio non sapeva più spiegarsi, e gli ci vollero un po' di perifrasi e ripetizioni, ma alla fine riuscì a dire quel che doveva.

«Ci ho provato e per un po' ho pensato di esserci riuscito. Così ho vissuto, ma senza mai esserci. Chiara sarebbe stata il mio oblio, con lei accanto avrei dimenticato e non avrei mai più sofferto, sembrò davvero la soluzione migliore. Ci sono voluti tanti anni. E poi un giorno ho capito. Ho capito che non si dimentica, ma si impara. E chissà perché si impara con ritardo, che non si ritorna dove ci hanno spezzati. Si ricomincia. Si prendono i pezzi, li si mettono assieme, e così, un po' rotti e un po' goffi, ci si offre di nuovo. Ma questa volta senza rancore. Questa volta perdonando. Si cambia. Si smussano gli angoli per accogliere chi ci ama. Si accetta la sofferenza, la noia, l'amore, tutto con le risa e le lacrime, ma senza rancore. Senza indurirci, senza volere la vita semplice, ma accettando la vita che ci era stata predestinata. Bisogna arrendersi alla possibilità di condividere tutta l'esistenza con quella persona con cui si possa essere porto, àncora, e famiglia. Ho amato una donna da ragazzo. L'ho vista e ho saputo che era sola, come me. Ho capito che era quello l'amore: il connubio di due solitudini specchiate. Ho pensato che innamorarsi significasse trovare quella persona che conosca già la nostra stessa solitudine. E saperla perdonare per tutto quello che non riuscirà a offrire, con gentilezza però. Ho capito la gentilezza. Bisogna sapersi perdonare e ricominciare. Insomma, imparare ad amare. Non dimenticare, ma imparare. Avrei voluto capirla prima questa cosa. Prima che fosse troppo tardi, ma era già tardi. L'ho capito mentre Chiara si dimenava a terra in preda alle convulsioni. Avevo pensato di poter dimenticare sia lei che la vita che avevo scelto. E invece mia moglie era lì, che si urinava addosso, con la schiuma alla bocca e gli occhi sbarrati. Cosa avevo fatto? Che vita avevo scelto per me? E per lei? E cosa avrei fatto da quel momento in poi? Ho pensato di impazzire. Mi sono chiuso in casa a pensare e non ne sono uscito più. È strano come gli anni si inseguano, si accumulino e poi passino. Sono passati dieci anni. Lo so che ora non si può tornare indietro, ma se potessi, tornerei da chi una volta avevo amato, e questa volta la perdonerei e accoglierei tutto, non fugherei più la sofferenza, accoglierei anche quella e la perdonerei. Ma vedi, ormai queste sono le parole di un povero pazzo senza speranza.»

Poi sorrise, ma con le labbra strette e senza mostrare i denti.

«Chiara è felice con te. La vedo sorridere quando ti sente arrivare, sorride di nuovo quando le porti i fiori e i biscotti. Chissà se forse saresti stato tu la sua solitudine specchiata. O se invece te ne stai servendo come me ne sono servito io. Quel tuo figlio pazzo ti viene a cercare. Bussa alla porta, dice qualcosa e poi Chiara se ne dimentica. Non cerca mia moglie, cerca te. Ora vedi... l'amore può essere diverso da quello che ci aspettavamo, e io lo so bene. Ma credimi, rimpiangerai quel ragazzo che ti cerca. È lui il tuo porto, la tua àncora, la tua famiglia. È quel che è rimasto della donna che hai amato. Sarà l'unico a chiamarti papà. Allora forse so cosa farmene con quel che ho imparato. Lo affido a te. Torna da tuo figlio e perdonalo per non essere quello che avresti voluto, accoglilo, lui e la sofferenza che ti porta, che sarà meglio di questa farsa. Te lo assicuro.»

12

Mentre la Vedova Rinaldi camminava verso casa della Signora Chiara, le venne in mente il marito defunto. L'immagine si era intrufolata tra i pensieri in maniera insidiosa, e la donna aveva provato a concentrarsi su altro per tutto il tragitto, ma riuscì solo a ricordare il volto placido del marito morto. Doveva essere passato a miglior vita contento, si era detta quando lo aveva visto all'obitorio. Distolse il pensiero da quell'uomo a cui non badava più da tanto, e cercò di ricordarsi dell'altro marito, quello di cui parlava con la Signora Chiara, che le portava i regali e che mai l'avrebbe tradita. Eppure, quell'immagine non la rasserenò. Fu quindi con nervosismo che, giunta a destinazione, bussò alla porta.

Da qualche tempo la Signora Chiara si svegliava di buon umore senza sapere perché, forse per via della primavera e del ciliegio in fiore. Nonostante non avesse cognizione del marito scomparso, da quando questi era morto la animava una sorta di leggerezza. Era come se fosse tornata giovane: aveva ripreso a pettinarsi i capelli la sera e a intrecciarli in capigliature diverse la mattina; passava ore in cucina a sfornare torte che da anni non preparava; spesso passeggiava sul lungomare, senza una meta, solo per il piacere di sentirne la brezza tra i capelli. Pensava ancora che il Signor Antonio fosse a lavoro, a pescare o a tradirla, come aveva sempre fatto, eppure il pensiero non la tormentava. Tornò a essere felice del semplice essere parte della vita del marito, seppur come spettatrice silenziosa, lasciata in attesa del ritorno dell'amato. In cuor suo aveva creduto che un giorno l'avrebbe notata e amata, e ora era tornata in quell'attesa, in quella speranza cieca. Con aria serena, aprì la porta e invitò la Vedova a entrare. La casa era pervasa dall'odore della torta di mele che lievitava in forno.

«Cara, vorrei chiederle un consiglio.» La Signora Chiara sorrise, come faceva sempre quando si sentiva considerata. La Vedova Rinaldi si fece coraggio e continuò. «Eh, c'è una donna a cui è morto il marito, ma lei non lo sa». Fece una pausa e cercò un'espressione sul volto della Signora Chiara, che ora aveva corrugato la fronte. «Lei non lo saprà mai purtroppo, non se lo ricorderà. Ma se uno glielo potesse spiegare o almeno farglielo capire per poco, pensa che bisognerebbe provarci? Eh, insomma, bisognerebbe provare a spiegare a quella donna che il marito le è morto?». Chiese la Vedova Rinaldi con tutto il fiato che le era rimasto, stringendosi la gonna con le mani. Si accorse di come fosse ironico che proprio lei, che tutto voleva ricordare tranne che la morte del marito, avesse posto una domanda del genere. La Signora Chiara strinse le labbra sottili e guardò altrove, ci stava pensando. «E perché una persona dovrebbe voler sapere a tutti i costi una cosa così? Non è meglio lasciarle immaginare che il marito sia vivo?» disse, osservando con i suoi occhi azzurri la Vedova Rinaldi. In quel momento la donna comprese che entrambe erano legate non solo dai ricordi che condividevano, ma dall'essere vedove e non volerlo sapere. Per un attimo le parve di poterle essere sorella. Chinò lo sguardo e annuì nervosamente. «Certo, difatti avevo pensato la stessa cosa ma desideravo sapere che ne pensava. Bene allora» accennò un sorriso. Disse infine che si era fatto tardi e che doveva andare. Aprì la porta e con sorpresa trovò fuori casa Gioacchino, con il suo solo occhio e nessuna espressione sul viso.

«Oddio mi hai fatto spavento» disse con il cuore che le batteva in gola. Subito dopo si accorse che gli energumeni che lo seguivano erano dietro di lui, e si sentì più tranquilla. Informò la Signora Chiara che aveva visite e se ne andò.

Gioacchino entrò a casa della Signora Chiara senza parlare.

«Oh Madonna ma che ti è successo?» esclamò la Signora Chiara alla vista del volto irriconoscibile di quel ragazzo una volta così bello.

«Gli angeli… i demoni… doveva andare così. Io ho salvato tutti. Tutti!» replicò senza esitazione. La donna non sapeva che dire, era rimasta sgomenta alla vista di Gioacchino che le pareva d'un tratto diventato più adulto e inspiegabilmente senza un occhio.

«Papà!» continuava a gridare Gioacchino. Bisbigliò parole incomprensibili, per poi urlare di nuovo: «Non è vero, andate via, non è vero!» e così si mise a ridere e poi a piangere e infine urlare. Le voci nella sua mente lo accusavano di aver fallito, di non essere stato in grado di salvare né il padre, né l'umanità intera, e Gioacchino rispondeva ai suoi demoni a volte con un fil di voce e a volte con le urla, in una conversazione costante e inintelligibile a chiunque altro. La Signora Chiara rimase incredula al suono della voce del ragazzo, ormai scevra di qualsiasi tono infantile, e profonda come quella del padre. «Papà» chiamò di nuovo. La Signora Chiara era ferma sull'uscio a guardarlo.

Quella non era certo la prima volta che Gioacchino andava a casa sua a cercare il padre, giacché il ragazzo aveva fatto visita alla donna molte volte negli ultimi anni, ma lei non poteva ricordarlo. Era da tempo ormai che il Signor Morbidelli aveva deciso di dimenticare il figlio pazzo per dedicarsi a quello ancora adolescente e sano. Così faceva visita a quest'ultimo ogni volta che parlava con la Signora Chiara, e poi passava il resto della settimana e ripensare a quella conversazione, al figlio come era stato e com'era ancora nella sua fantasia. Evitava di andare a casa e passava più tempo a fare dolci, e a mangiarne. Gioacchino non si era spiegato cosa fosse successo, ma si trovò sempre più solo nella casa del padre. Faceva lunghe passeggiate per Filaccione e mentre prima lo incontrava in piazza o nelle taverne la sera, ora era come fosse sparito. Il Signor Morbidelli non sapeva che farsene degli occhi dei passanti pieni di pena, dei bisbigli e delle male lingue, e aveva deciso che anche queste non sarebbero esistite più. Così si era rinchiuso nella sua fabbrica di dolci, dove lavorava ai biscotti Gioacchini.

Gioacchino aveva preso a cercarlo e aveva capito, come in un'intuizione, che la scomparsa del padre doveva avere in qualche modo a che fare con la Signora Chiara. Così anche lui da tempo aveva preso l'abitudine di andare a casa della donna. Come ogni volta, aveva detto cose senza senso, aveva pianto e gli energumeni lo avevano trascinato via. A volte, si era battezzato nel gabinetto prima di andarsene. La prima volta che Gioacchino si recò in quella casa, il Signor Antonio, ancora vivo, si era alzato dalla poltrona di pelle. Nel giovane senza senno aveva visto qualcosa di sé. Sapeva come ci si sentiva, spezzati e soli, senza chi un giorno aveva detto di amarci. L'uomo nella sua solitudine ripensava alla donna amata in gioventù. Gioacchino, nella sua, pensava all'unico genitore che gli rimaneva. Capiva la solitudine del ragazzo e i demoni che la affollavano. Anche il Signor Antonio aveva i suoi demoni accalcati nella mente, solo che i suoi facevano meno rumore. Guardò Gioacchino, avrebbe voluto cavarsi anche lui l'occhio per potergli dire: "Sono come te". Non avevano parlato, ma in qualche modo si erano capiti. Gioacchino gli aveva rivolto uno sguardo preoccupato, poi più fiducioso, e infine l'uomo gli aveva teso la mano, come nel tentativo di avvicinare un cane randagio. Il Signor Antonio l'aveva afferrata e tenuta stretta per pochi secondi: gli sembrò il tempo più prezioso della sua vita. Dopo averlo guardato fisso negli occhi lucidi, Gioacchino lasciò la presa, e uscì di casa senza parlare. La Signora Chiara era rimasta sull'uscio, il marito in piedi accanto alla poltrona di pelle. Delle lacrime rigarono le guance del Signor Antonio, che per la prima volta lasciò trapelare il dolore che si portava dietro, per poi lasciarlo esplodere. Pianse con i singhiozzi, come non aveva mai fatto prima. La moglie lo guardava senza capire: non lo aveva mai visto scomporsi così. Gli si avvicinò, ma lui le fece cenno di fermarsi. Non la voleva accanto, come non l'aveva voluta mai. Pianse fino a sentirsi di nuovo vivo, e poi decise che se Gioacchino fosse tornato, lui non lo avrebbe mai più voluto vedere.

Gioacchino tornò ancora e ancora e il Signor Antonio si nascose ogni volta, con il timore di vedere di nuovo la sua immagine specchiata in quel volto senza un occhio. Non avrebbe mai immaginato che ad anni di distanza, mentre il suo corpo violaceo galleggiava tra le reti dei pescatori, Gioacchino lo avrebbe incontrato di nuovo, ma in un modo diverso.

Gioacchino passeggiava sulla sabbia a piedi scalzi. Gli piaceva il rumore del mare perché a volte riusciva a coprire il suono delle voci che gli parlavano. Le allucinazioni erano maligne e contraddittorie: gli raccontavano di cospirazioni contro di lui, di quel che avrebbe dovuto fare contro chi lo voleva uccidere, di come lui stesso avrebbe dovuto uccidersi, gli dicevano che era Dio, o che non valeva nulla.

"Non vali niente
Sei un disonore
Hai detto che avresti salvato il mondo, non ne sei in grado, vero?
Codardo maledetto
Gesù salvali tu, bruceranno all'inferno se non lo farai
Sei feccia e non sei degno del nome che porti
Usa i tuoi poteri e salva tuo padre, tu solo che sei divino e puoi farlo
Cosa hai fatto a tua madre Gioacchino? Tua madre è sparita… È colpa tua
Sei un imbarazzo, dovresti ammazzarti."

Erano state quelle stesse voci a dirgli di cavarsi l'occhio per il bene suo e di tutta l'umanità.

Non era facile essere il redentore, e il mare con il suo brusio sembrava dargli pace mentre cercava di capire come assolvere la sua missione. Di sicuro, avrebbe dovuto salvare il padre che non si trovava più. Gli energumeni continuavano a seguirlo sulla spiaggia a tre metri di distanza. Gioacchino si era reso conto della sua scorta dopo la prima dimissione dal manicomio. Si era chiesto se fossero demoni o angeli protettori, se volessero la sua morte o la sua salvezza. Furono loro a rincorrerlo e fermarlo durante la processione di Sant'Antonio, mentre lui si mostrò nudo masturbandosi. Aveva ricordi vaghi di quanto successo, a volte non credeva fosse realmente accaduto, ma quegli energumeni erano lì quel giorno ed erano ancora lì dopo anni. Incerto sulla natura dei due uomini, sapeva solo che sicuramente lo seguivano da tanto. Camminava sulla sabbia cocente, sapeva che in quanto divino non avrebbe potuto farsi del male, e avanzava con i piedi infuocati e dolenti, sicuro che il dolore sarebbe andato via. Parlava alle voci, diceva loro che avrebbe chiamato in adunata gli angeli protettori ed eliminato le forze nemiche, ma il piano completo gli era ancora oscuro. La conversazione lo infervorò e fu così che camminò a lungo fino a una spiaggia desolata. Chiedeva a Dio un segno, qualcosa che gli indicasse la via. Fu allora che inciampò, ma senza capire su cosa; così spostò la sabbia che aveva coperto l'ostacolo e trovò le scarpe del Signor Antonio. Afferrò i lacci in estasi. Dapprima incredulo, poi forte del messaggio salvifico, alzò il volto e i calzari al cielo con le mani protese, come a ringraziare il divino di un tale segno. Le scarpe erano della sua misura, solo Dio avrebbe potuto mandargli le scarpe giuste per il cammino da intraprendere. Era pronto, era arrivato il momento di salvare l'umanità e lui aveva le scarpe divine per farlo. Si voltò a guardare gli energumeni, non lo aveva mai fatto fino ad allora. «Salverò il mondo!» urlò loro.

13

Dopo che Gioacchino si era cavato l'occhio ed era finito in manicomio, il Signor Morbidelli ne aveva chiesto la dimissione, sicuro di poter garantire al figlio le cure migliori al di fuori del padiglione dove era stato sottoposto al trattamento idrico, terapia basata sull'immersione del corpo del degente in acqua a temperature estreme che, secondo i dottori, avrebbero causato uno shock in grado di portare alla cura dell'afflizione mentale. Nel tentativo di donargli un aspetto meno spaventoso, si era chiesto se sarebbe stato possibile riempire l'orbita vuota con un occhio di vetro, ma nessun chirurgo accettò l'incarico dicendo che il tessuto era ormai troppo compromesso per una plastica. Tuttavia, il Signor Morbidelli ebbe l'impressione che quella reticenza non avesse nulla a che fare con i possibili esiti dell'operazione, pensò invece che nessun dottore trovasse valore nel correggere l'aspetto di un essere umano già così danneggiato per natura. Dopo ripetuti tentativi falliti, il Signor Morbidelli abbandonò l'idea della chirurgia e si concentrò su come mantenere il figlio vivo e libero dalla pazzia. Un giorno lesse sul giornale un articolo su di un medico francese di gran successo che sapeva curare la mente, e così lo aveva contattato con l'aiuto dell'amante del gioielliere, francese anche lei, e in grado di redigere una lettera in cui il Signor Morbidelli spiegò che avrebbe pagato qualsiasi cifra. Le parole usate furono convincenti perché solo dopo poche settimane, arrivò a Filaccione un uomo basso, di mezza età, che si presentò come *le docteur*.

Quando il medico francese giunse a casa del Signor Morbidelli, Gioacchino era in uno dei momenti più gravi, dove ormai parlava senza sosta per lo più di temi religiosi, rideva da solo e si arrabbiava con chiunque si avvicinasse per poi disquisire su San Matteo e sul secondo occhio che si sarebbe dovuto cavare. Così, per l'incolumità sua e di chi gli era vicino, era stato legato a letto. Erano tre settimane che Gioacchino non dormiva. Quando perdeva il sonno, i sintomi si aggravavano. Prendeva a camminare per ore, non mangiava, parlava da solo in continuazione, quasi senza prendere fiato, mentre con le mani si tappava le orecchie, poiché le voci, stanche di bisbigliare, avevano preso a urlargli contro.

Si raccolsero tutti in camera, gli energumeni a lato di Gioacchino, la governante vicino la finestra e il Signor Morbidelli ai piedi del letto. Il nobiluomo aveva sul viso l'espressione di chi ancora credeva nel miracolo e con l'entusiasmo di un bambino fece strada al medico e mostrò il figlio crocifisso a letto. La governante e gli energumeni accennarono un sorriso quando il dottore entrò in camera, non perché condividessero lo stesso giubilo del padrone di casa, ma per pietà verso lo stesso. Alla vista del malato, il medico non apparve stupito, né terrorizzato, come invece era successo con gli altri medici del luogo. Aveva con sé una giovane interprete che lo aiutò a raccogliere l'anamnesi dal Signor Morbidelli e dagli energumeni che seguivano il malato. Provò anche a parlare con Gioacchino, che gli raccontò di Satana e di Dio, degli angeli che lo avevano tradito, del peccato originale e dei demoni che lo volevano morto. Il medico non sembrò turbato, si girò di spalle e aprì la sua valigetta di pelle. Si voltò con una siringa in mano, chiedendo ai presenti di immobilizzare Gioacchino, così da poter iniettare il farmaco. Nessuno fece domande, anche se Gioacchino gridò di lasciarlo andare, tutti parevano come ipnotizzati dal medico francese che sapeva come curare il pazzo più pazzo di Filaccione. La governante dapprima chiuse gli occhi per non vedere gli energumeni immobilizzare Gioacchino e il medico iniettarlo contro la sua volontà; si voltò verso la finestra e con lo sguardo cercò qualcosa da osservare per distogliere il pensiero, si ritrovò a fissare delle querce poco lontane mentre con le mani si tappava le orecchie ma senza riuscire a coprire le urla.

Dopo l'iniezione, disse che Gioacchino avrebbe riposato e che lui sarebbe andato a passeggiare sul lungomare. Nessuno credeva che una sola iniezione lo avrebbe aiutato, e le le due guardie del corpo, scettiche, sollevarono le sopracciglia. Increduli, il Signor Morbidelli e tutti gli astanti videro Gioacchino prima bestemmiare infuriato per aver ricevuto il farmaco, e poi calmarsi. Videro le palpebre socchiudersi, videro Gioacchino combattere per tenerle aperte e poi arrendersi, e dormire per un giorno filato. Il giorno dopo, il dottore tornò nella stanza di Gioacchino. Questa volta nessuno ebbe dubbi che qualsiasi cosa quel medico dicesse fosse vera e sacrosanta. Ancora una volta, Gioacchino fu immobilizzato e iniettato, e ancora una volta dormì. E ancora una volta, *le docteur* andò a passeggiare sul lungomare. Dopo due settimane di iniezioni quotidiane, Gioacchino era cambiato. A volte parlava ancora di demoni, angeli e Satana, ma solo per chiedersi se fossero mai esistiti. Da giorni non aveva più bisogno di essere legato e riusciva a scambiare conversazioni più o meno logiche con il padre. Il Signor Morbidelli era commosso dalla gioia, aveva di nuovo il figlio che ricordava, avrebbe voluto gridare per tutta Filaccione che era l'uomo più felice del mondo. La governante aveva ripreso a cantare in cucina la mattina, gli energumeni temevano di perdere il lavoro, incerti se il pensiero gli arrecasse più pena o sollievo, e il Signor Morbidelli si era chiesto se in un futuro prossimo il figlio lo avrebbe affiancato nella creazione di nuovi biscotti.

Mentre tutti in casa Morbidelli sembravano aver ritrovato il sorriso, l'unico ad apparire accigliato era proprio Gioacchino. Lo avevano sentito piangere la sera, e la mattina svegliarsi con il solo occhio gonfio e stanco. Un giorno era rimasto in bagno a lungo e ne era uscito inconsolabile. Aveva passato più di un'ora davanti allo specchio a guardarsi l'occhio che non aveva e la patina di cute scura che era cresciuta sull'incavo dell'orbita. Per la prima volta, si era toccato la pelle lì dove prima aveva un occhio e l'aveva sentita calda e disomogenea, più dura di quella che cadeva sullo zigomo, e in quel momento sentì l'orrore di cui poi non riuscì più a liberarsi. Uscì dal bagno e scese le scale.

«Papà»

«Buongiorno! Come ti senti questa mattina?»

«Papà...»

E scoppiò a piangere. Il padre gli si avvicinò.

«Che ti succede Gioacchino? Che è accaduto?»

«Mi sono cavato l'occhio...»

Sembrava aver capito cosa fosse successo solo in quel momento. Il Signor Morbidelli cercò di consolarlo.

«Non fa niente Gioacchino, davvero non fa niente»

«Ma come non fa niente papà, sono senza un occhio e me lo sono levato da solo!»

Il padre non sapeva che dirgli, non aveva mai considerato la possibilità che il figlio potesse tornare lucido e rendersi conto della sua stessa pazzia.

«Quello era il mio occhio papà!»

Gioacchino uscì di casa sbattendo la porta dietro di sé, seguito dagli energumeni. Per giorni provò ad ammazzarsi senza successo. Provò a buttarsi da un ponte, ma gli uomini lo afferrarono. Provò a tagliarsi le vene, ma questi fermarono la lama prima che affondasse nella pelle. E così, tentativo dopo tentativo, Gioacchino capì che il padre non avrebbe mai permesso si uccidesse.

Il Signor Morbidelli era disperato. Il figlio era rinsavito e voleva morire. Gli sembrò in quel momento di avere due figli: uno sano, seppur irrimediabilmente ferito, e un altro pazzo, ma a suo modo contento. Ricordò conversazioni con il padre medico, che gli aveva spiegato di come la pazzia fosse una malattia come un'altra, che non aveva alcuna connotazione oscura o magica, come molti a Filaccione ancora ritenevano. Eppure, in cuor suo il Signor Morbidelli credeva di aver avuto due figli: uno, quello logico, che considerava figlio suo, mentre l'altro, quello pazzo, che era il figlio della moglie. Uno combatteva l'altro per il diritto all'esistenza in un corpo solo. La follia doveva dunque essere il prodotto di questa lotta per la sopravvivenza tra due esseri così diversi, eppure rinchiusi nello stesso guscio. Cosa avrebbe dovuto desiderare ora: il figlio pazzo seppur contento o il figlio sano ma suicida? Chiese consiglio al medico francese, che non seppe cosa dire.

La risposta arrivò una sera, quando gli energumeni lasciarono Gioacchino solo nella sua camera, aspettando che si cambiasse in abiti da notte. Dopo aver sentito un tonfo sordo provenire dalla stanza, erano entrati immediatamente, per poi trovare in un angolo il letto di ferro spostato e attaccato alla finestra aperta. Da lì, penzolava Gioacchino, appeso alle lenzuola che aveva annodato alla cornice del giaciglio per usarle come cappio. Gli energumeni afferrarono d'istinto il lenzuolo e lo sollevarono, finendo però per strozzare accidentalmente Gioacchino, che perse i sensi. Quando riuscirono a trarlo in salvo, i due temettero di avere tra le braccia un cadavere. Tagliarono il cappio e poi stesero il ragazzo a terra, urlando il suo nome, implorandolo, mentre questi non accennava nessun segno di vita. Il medico francese e l'interprete, sentite le urla, si catapultarono nella stanza. Il dottore aveva spostato i due uomini prima di avvicinare l'orecchio al naso del suicida per sentirne il respiro e premere due dita sulla carotide per sentirne il battito.

Il Signor Morbidelli era rimasto pietrificato alla vista del figlio svenuto, delle labbra blu e del segno rosso che il lenzuolo aveva lasciato sul collo. Il medico prese il Signor Morbidelli da parte e gli disse in francese che era arrivato il tempo di prendere una decisione. La giovane interprete, in preda al panico, non tradusse e svenne. Il Signor Morbidelli non parlava francese, ma capì chiaramente a cosa il dottore si riferisse, e così decise il da farsi, senza più una briciola di speranza nel cuore.

Quando Gioacchino si svegliò, il Signor Morbidelli con il medico e la giovane interprete, gli dissero di non preoccuparsi, che tutto si sarebbe sistemato. Il ragazzo sembrò deluso di non esser morto e non si chiese cosa i tre stessero complottando. Lo lasciarono a letto legato e smisero di iniettarlo. Gioacchino non capì subito, non badava più alla vita tanto ne era stanco. Fu dopo alcuni giorni che cominciò di nuovo a sentire i sibili di demoni e angeli da lontano avvicinarsi, e capì che la follia stava rivendicando nuovamente il suo corpo. Si dimenò, urlò alle voci di smettere e al padre di slegarlo, ma nessuno accorse in suo aiuto. Il Signor Morbidelli piangeva nella stanza accanto, bestemmiando e maledicendo se stesso per aver messo al mondo un figlio malato. Ripensava al padre dottore che non aveva mai davvero conosciuto, si chiedeva che cosa avrebbe fatto lui al posto suo. A volte faceva capolino dalla porta insicuro se avesse preso la decisione migliore per il figlio, ma la vista del segno che il cappio aveva lasciato sul collo gli levava ogni dubbio: Gioacchino doveva tornare pazzo. La governante si diede malata e andò a stare da una sorella per non assistere al tormento di quel ragazzo disperato e del padre che non dormiva più la notte. Seguirono giorni interminabili, in cui il Signor Morbidelli ricominciò a pregare, dopo non aver parlato con Dio per anni, per poi rinnegarlo di nuovo di fronte al suo silenzio. Anche gli energumeni avevano preso a farsi il segno della croce più volte al giorno, nella speranza di un intervento divino. Trascorse alcune notti insonni, Gioacchino parlava di nuovo di demoni, angeli, e diceva di essere Gesù in persona. Tutti tirarono un sospiro di sollievo. La governante tornò a casa, gli energumeni slegarono il ragazzo dal letto e il

Signor Morbidelli per la prima volta fu sereno alla vista del figlio che si battezzava nel gabinetto. Nessuno provò più a curare la pazzia di Gioacchino. Da quel giorno, si sottopose a cure mediche solo quando sembrava potesse far del male a sé o a qualcun altro. Accadde, ad esempio, che un paio di volte tentò di cavarsi l'occhio sinistro e gli energumeni lo fermarono portandolo al manicomio. Lì venne legato, in attesa che si calmasse, e poi dimesso quando sembrava che la crisi fosse superata.

Quando Gioacchino tornò pazzo, il medico francese fece le valigie e se ne andò, portandosi con sé Valerie, l'amante del gioielliere, l'unica con la quale avesse scambiato qualche parola durante le passeggiate sul lungomare. Prima che se ne andasse, il Signor Morbidelli gli chiese un rimedio per dormire la notte. Il medico gli lasciò delle bottigliette senza etichetta e gli disse di usare poche gocce al bisogno, che il Signor Morbidelli usò ogni notte da quel giorno in poi. Smise soltanto dal giorno in cui la Signora Chiara entrò nella sua vita.

14

La Vedova Rinaldi decise di far visita a Don Giorgio. Dopo avergli parlato, si accorse che era come si fosse dimenticata del prete da quando erano iniziate le confidenze attorno al tavolo della Signora Chiara. Quel pensiero la fece sentire in colpa. Ciò che invece fingeva di non sapere, era che lo sguardo del parroco sulla sua figura l'aveva fatta sentire di nuovo viva, e forse anche bella. Decise di andargli a far visita con la scusa della confessione, e di portargli una scatola di biscotti Morbidelli. Per strada si guardava nel riflesso delle vetrine, incerta se il vestito di lino le cadesse bene sui fianchi, se i capelli fossero sistemati, se forse non avesse esagerato nel mettersi il rossetto. Quando era ormai a un centinaio di metri dalla parrocchia, si passò il dorso della mano sulle labbra, levandosi il rosa del rossetto che ora le sembrava inopportuno. Quando Don Giorgio la scorse, la Vedova non fece in tempo a sentire il suo "Buong..." che già aveva preso a parlare della bella giornata e che sperava che il prete avesse qualche attimo da dedicarle per una confessione. Le parole uscirono veloci e acute, e tradirono un evidente fervore. Don Giorgio in realtà non ci fece nemmeno caso, perché non capì una parola tanto era stupito e felice che la donna fosse tornata a parlargli. Giacché lui rimase in silenzio, lei allungò le braccia e gli porse i biscotti nella scatola di latta. Il sant'uomo li prese e disse con voce spezzata che il suo era stato un pensiero molto gentile. Entrambi sorrisero.

La invitò a sedersi accanto a lui su uno dei banchi deserti della parrocchia, rimasero avvolti dall'odore pungente dell'incenso bruciato. Conversarono: scambiarono opinioni sui biscotti Morbidelli, sulla primavera ormai sbocciata, sul morto a cui lui aveva dato un nome. I fatti detti non erano comunque importanti, ma lo erano gli occhi negli occhi, le mani nervose incerte su dove posarsi, i sospiri trattenuti e il fiato frammentato. Don Giorgio, allora, prese coraggio.

«Andrò via» disse. Esitò per un istante e si passò la mano nella barba. La Vedova, incredula, si chiese se avesse capito bene, ma lui proseguì.

«Non c'è più nulla da fare qui, per me. Nessuno viene più in questa parrocchia. Nessuno ha più bisogno della mia presenza» continuò, forse, nella speranza che la donna gli dicesse che era lei ad aver bisogno di lui.

Non l'aveva guardata per tutta la durata di quella sua confessione. La Vedova lo aveva ascoltato in silenzio. Don Giorgio si sarebbe aspettato un sussulto, o anche solo un gesto, ma la donna appariva pietrificata.

Così il prete alzò il capo e la guardò in volto, riconobbe il neo sul mento su cui tante volte aveva chinato lo sguardo. Si guardarono negli occhi fin quando la stessa allungò una mano e la posò su quella di lui. Don Giorgio ghermì il palmo della Vedova fra le sue dita; tanto aveva sperato di sentire il contatto della sua pelle. Le loro mani si intrecciarono. Un'erezione mal celata si insinuò tra lui, le bugie e la fede, tra la carne e la bramosia che aveva pensato di dimenticare nell'abito talare, il costume con il quale si era mascherato.

La Vedova Rinaldi strinse più forte le mani di Don Giorgio e lo fissò negli occhi.

«Non c'è bisogno di andare via. Non questa volta. Lascia che ci pensi io», disse calma.

Il prete non capì, ma tanto era confuso dall'inturgidimento fra le cosce e le mani della Vedova Rinaldi, che non fece domande e annuì nervosamente.

La Vedova sembrò come illuminata da una nuova conoscenza. Aveva capito.

15

Il diabete che il Signor Morbidelli aveva ignorato per anni cominciò a rivendicare la sua esistenza, prima con un formicolio nelle dita dei piedi, poi nelle mani, fino a prendergli la vista. Era da tempo che vedeva appannato, ma non aveva mai dato peso alla cosa. Mentre la Vedova portava la scatola di latta contenenti i suoi biscotti a Don Giorgio, il Signor Morbidelli si svegliò senza saper distinguere il cappello nuovo da quello vecchio che avrebbe dovuto sostituire, e con malavoglia si decise ad andare dall'oculista.

Il dottore, anziano e quasi completamente sordo, gli aveva chiesto di leggere delle lettere da lontano, coprendosi un occhio alla volta. Il Signor Morbidelli non era più sicuro se la lettera indicata fosse una "n", una "h", o una "m", così aveva detto lettere a caso nella speranza di azzeccare quella giusta e senza riferire all'oculista che da un lato non aveva visto alcunché. Il dottore gli aveva poi guardato gli occhi coperti da una patina lattiginosa, e aveva scosso la testa da una parte all'altra come per dire che non aveva buone notizie. «Cataratte», aveva detto con voce squillante, «un bel guaio Signor Morbidelli, bisogna vedere il fondo dell'occhio, e speriamo di non trovarci una retinopatia!» Il Signor Morbidelli si risentì del tono perentorio utilizzato, e si chiedeva se questi non sapesse che avrebbe potuto pagare il miglior medico del mondo per fargli tornare la vista. L'oculista, come nel leggergli la mente, gli disse che forse le cataratte sarebbero state operabili, ma che nessuno sarebbe stato in grado di porre rimedio alla retinopatia.

«Questi sono gli effetti del diabete che non ha curato», incalzò il dottore. Il Signor Morbidelli si alzò di scatto per andarsene, quando il medico aggiunse: «Potrebbe perdere la vista!»

Il malato impallidì. Quelle parole gli portarono alla mente l'immagine del figlio guercio, e il ricordo di tutte le volte che aveva temuto si cavasse anche l'occhio sinistro, così da rimanere cieco. Provava orrore per l'oblio in cui sarebbe potuto cadere il figlio, e rabbrividiva al pensiero di poter fare la stessa fine. Da quando aveva preso a immaginare Gioacchino come era una volta, si era scordato della realtà, e provò ribrezzo quando la memoria gli rimandò l'immagine del suo unigenito privo di senno. Così rimase in silenzio, tornò a sedersi e lasciò che l'oculista lo esaminasse con attenzione, senza opporre alcuna resistenza. Il medico gli versò delle gocce di collirio. Un ricordo lontano riportò il Signor Morbidelli alla sua infanzia, quando la governante, prima di passargli il guscio ancora caldo sulle palpebre chiuse, gli ripeteva: «Vieni qui, che le uova fresche del culo della gallina fanno bene agli occhi». Ora, quelle parole gli sembravano una bugia e provò imbarazzo per aver subito quel rituale, all'epoca così caro. Quando le pupille gli si dilatarono, il paziente fu messo a sedere davanti a uno strano apparecchio, dove gli fu indicato dove poggiare il mento e la fronte. Il medico scandagliò le retine attraverso delle lenti giganti, e al malato il tempo di quell'esame parve un'eternità. Ancora pallido, aveva cominciato a prendere seriamente le parole del dottore. E se diventassi cieco? si chiese con paura. Il dottore emise il verdetto con la sua voce squillante: «Mi dispiace Signor Morbidelli, la retinopatia c'è ed è avanzata, non c'è niente da fare. Può curarsi il diabete cercando di rallentarne la progressione, ma lei è ormai quasi cieco, come ha fatto a non rendersene conto finora?»

Il Signor Morbidelli non credette alle parole che aveva sentito. Davvero non si era accorto prima che il mondo era ormai avvolto da una nube confusa? O che non usciva più al crepuscolo perché incapace di distinguere alcunché nella luce tenue della sera? Affondò le mani nelle tasche piene di carte dei biscotti. Certo che se ne era accorto, ma non gli aveva dato peso, tanto il mondo esterno aveva smesso di interessargli. Gli interessavano le parole della Signora Chiara, l'immagine del figlio ancora adolescente, il gusto dei biscotti che avrebbero portato il suo nome. Con amarezza, constatò di aver scelto di non vedere la realtà, e la sorte, con la sua ironia, lo aveva reso cieco. Il Signor Morbidelli non disse niente, e mentre il dottore scriveva la ricetta, lasciò lo studio senza dare spiegazioni.

Con le pupille ancora dilatate, cominciò a camminare con passi pesanti e veloci. Disperato, furioso, cercava qualcuno con cui prendersela, e dette colpa di tutto il suo male alla Signora Chiara. Era stata lei a distrarlo, a fargli credere in un mondo che non esisteva, persino in un figlio che non esisteva, era stata lei a renderlo cieco. Mentre adirato percorreva a memoria le vie di Filaccione verso casa dalla Signora Chiara, cominciò a chiedersi perché proprio a lui fosse dovuta accadere una cosa del genere.

"Ahahah, è ciò che ti meriti…"

Il Signor Morbidelli si girò di scatto, ma non vide nessuno. Un rivolo di sudore gli scivolò sulla fronte. Gli sembrò di risentire la voce della moglie. Fece di nuovo un giro su se stesso, ma attorno a lui non c'era anima viva.

Un pensiero intrusivo lo rimandò al volto della sposa defunta e questa volta non si mentì. Non pensò alle labbra rosa pastello, agli occhi color dell'ambra, o alle efelidi sulle gote d'estate. Fu quello che non si era più permesso di ricordare che si fece chiaro nella mente: i lividi sul collo, le labbra blu, i capillari degli occhi scoppiati, che conferivano alle sclere un colore purpureo. Ricordava l'ultimo alito d'aria contro la sua pelle sudata e il corpo esanime che a poco a poco aveva perso calore, nonostante lo tenesse ancora stretto nel suo abbraccio.

Cercò di distogliere il pensiero da quell'immagine e sconvolto accelerò il passo, ma fu come se fosse tornato indietro a quella notte.

Aveva lasciato la presa dopo ore, non avrebbe saputo dire quante, tutte quelle che gli erano servite per capire che l'aveva ammazzata. Una volta realizzato il gesto compiuto, aveva lasciato la presa inorridito. Del terriccio si insinuò tra i capelli castani di lei. Si trovava in una querceta appartenuta alla sua famiglia, dove a volte lei correva nuda bestemmiando. Era andato a cercarla, esasperato dalle sue fughe, ma non aveva premeditato ciò che si sarebbe compiuto in quella radura. La guardò e capì che non era rimasto nulla della giovane sposa, quelle davanti a lui erano le spoglie di una morta ammazzata, che occorreva far sparire in fretta. Scavò nella terra a mani nude, ma dopo pochi secondi capì che per l'impresa necessitava di una pala. Coprì il corpo con delle fronde prima di avviarsi verso casa. Non fu semplice, ci mise un po' a trovare l'arnese, giacché il Signor Morbidelli non ne aveva mai usata una. Di ritorno verso il cadavere da sotterrare, aveva sperato che il corpo si fosse dematerializzato, invece lo trovò lì ad attenderlo. Incredulo e sudato, il Signor Morbidelli scavò nella terra per la prima volta in vita sua. Ci lasciò dentro la moglie e tutta la sua giovinezza. Fu come diventare vecchi in una notte sola, con il disincanto a prosciugare le vene.

L'indomani nessuno si sorprese di non trovare la Signora Morbidelli, tanto si era abituati alle sue fughe deliranti. Il Signor Morbidelli era stato sveglio per tutta la notte e aveva sperato di addormentarsi fino a quando si era arreso ed era sceso, in ritardo, per la colazione. La governante preparò il solito caffè, amaro, e glielo porse, e si sorprese nel notare le unghie nere del nobiluomo. Tornato a casa si era lavato le mani e la faccia, ma non aveva pensato di spazzolarsi le unghie, giacché non era abituato a disfarsi dei segni lasciati addosso da un qualsiasi lavoro. Il particolare non sfuggì nemmeno alla donna che allattava Gioacchino, che non chiese nulla avendo il sentore che quelle unghie annerite dalla terra non potessero suggerire niente di buono. Il Signor Morbidelli cercò di passare una giornata normale, con una tensione mal celata, era sceso in piazza e aveva comprato il giornale, scambiando le solite parole di cortesia con chi incontrava. Le unghie nere erano lì a tradirlo e più di una persona si chiese dove un uomo così distinto avesse potuto mettere le mani. Quando la Signora Morbidelli non tornò più, qualcuno si ricordò di quel particolare, e si vociferò per Filaccione che la giovane sposa l'avesse uccisa proprio lui e che l'avesse seppellita in una delle sue tenute. La storia era balzata sulle labbra di molti, ma nessuno credeva davvero che un uomo di quel rango potesse macchiarsi di una colpa così vile. E se pure lo avesse fatto, che colpa c'era ad ammazzare una matta? Il chiacchiericcio andò avanti per un po', fino a quando ci fu altro su cui vociferare; piano piano, la gente accettò la scomparsa della Signora Morbidelli come un evento naturale e necessario, e a nessuno venne mai in mente di riportare il sospettato omicidio alle autorità. Nemmeno la famiglia della sposa provò a indagare, proprio loro che la giustizia non l'avevano mai conosciuta. Che giustizia c'era nella follia che li perseguitava da generazioni?

Il Signor Morbidelli aveva sì ammazzato la moglie pazza, ma non sarebbe mai riuscito a uccidere il suo unico figlio. Poteva dimenticarlo o tornare con la mente a un momento in cui Gioacchino era ancora un ragazzo sano e con un futuro radioso davanti. Ma mai avrebbe fatto del male alla carne della sua carne, piuttosto avrebbe accettato la cecità e non vederlo più, forse era quello che inconsapevolmente aveva scelto di fare, ma ora se ne stava pentendo. Dagli occhi uscirono sparute lacrime di rimorso. Capì che la vita ha il vizio di riproporre quel che non si riesce ad accettare, fino a quando quel qualcosa lo si deve vedere e affrontare e, se si può, perdonare.

Me ne andrò, non c'è modo di convincere le femminucce di questo paese che anche loro hanno diritto a un'educazione e a un lavoro, potrei andarmene nella capitale o al Nord o magari oltreoceano dagli zii emigrati e trovare un luogo dove forse iniziare una vita politica. Questo è quello che dirò quando mi chiederanno perché sono andata via. Io e te, invece, sapremo che sono partita perché non ce l'ho fatta più ad amarti. Perché al diavolo i comizi politici, io volevo essere con te, anche in questo paese dimenticato dal mondo. Perché se provo a pensare alla mia esistenza come a un desiderio da esaudire, allora io so per certo che io mi esaudisco in te e tu in me. Come fossimo parti complementari di un ingranaggio comune, qualcosa che necessita di entrambi per poter funzionare. Io e te, abbiamo bisogno l'uno dell'altra per poterci esaudire. Non è una cosa che ho capito con il tempo, l'ho saputo il primo giorno e so che per te è stato lo stesso. Non ci siamo incontrati io e te, ci siamo riconosciuti, come sapessimo già l'uno dell'altra, come se in passato ci fossimo già amati e lasciati, con la promessa che saremmo tornati un giorno. Così la mattina in cui ci siamo detti i nomi al mercato del pesce, non è stato davvero un incontrarsi ma un ritornare l'uno all'altra. Non dirmi che non mi pensi, perché è impossibile non pensare a chi apparteniamo per natura. Piuttosto dimmi che non sai come continuare ad amarmi, perché nemmeno io so più come amare te.

16

Dopo essersi congedata da Don Giorgio, la Vedova Rinaldi si incamminò verso casa della Signora Chiara, senza fretta, mentre ragionava sul da farsi. Si passava le dita lunghe tra i lapislazzuli che portava al collo, uno dei doni del gioielliere, in cambio del tempo con la sua amica smemorata.

Non poteva più vivere nel passato. Non voleva essere di nuovo la moglie di un farabutto che per una vita l'aveva lasciata ad addormentarsi da sola, mentre lui si assopiva in altre braccia, in mezzo ad altre gambe. Per la prima volta, provò un sinistro piacere all'idea che le attività fedifraghe lo avessero ammazzato. Aveva preferito dimenticare il marito morto e vivere nel passato: una semirealtà agghindata dalla sua fantasia. Era vero che riceveva regali dal marito, ma non così costosi come diceva alla Signora Chiara. Era vero che le aveva cantato canzoni sotto il balcone, ma queste si erano limitate al corteggiamento ed erano svanite subito dopo il matrimonio. A lei era piaciuto ricordarlo così, con le qualità che non aveva, ma che avrebbe desiderato. La Signora Chiara le aveva fabbricato una prigione bugiarda senza futuro e senza amore. Che senso aveva crogiolarsi in quel passato? Perché si era racchiusa in un luogo che non esisteva? Se non lo avesse fatto si sarebbe resa conto prima che Don Giorgio era tutto l'amore che le era stato negato fino ad allora. Non voleva più essere la Signora Rinaldi, ma la Vedova: quella libera di tessere nuove trame, costruire un futuro suo e amare chiunque volesse, anche Don Giorgio. Era giunto il momento che la Signora Chiara se ne andasse, e con lei quella vita passata ormai da archiviare. Avrebbe potuto anche solo dimenticarsene e non andare più a trovarla, ma la tentazione sarebbe stata troppo grande: sapeva bene quale potere avesse su di lei.

"Non è forse più semplice tornare indietro che andare avanti?" Pensò la Vedova. Ricordava di quando il marito aveva smesso di fumare, dopo aver lamentato degli occasionali dolori al petto. Il dottore gli aveva detto che avrebbe potuto morire, che era ora di mettere da parte i vizi, incluse le sigarette. Aveva provato a farlo, ma poi era tornato al fumo giacché non si era mai liberato della tentazione, a causa delle sigarette offerte dagli amici o di quelle nascoste nei cassetti. Alla Vedova Rinaldi quell'immagine del marito sembrava avere ora un valore profetico. La Signora Chiara doveva sparire, e con lei la possibilità di vivere in un mondo passato.

Se avesse portato a termine il suo nuovo piano, non ci sarebbero state più collane, foulard e leccornie da parte dei compaesani. Ma era disposta a rinunciare a tutto questo? Sapeva bene di essere vana e il pensiero non la infastidiva. Che peccato c'era nell'aver ricevuto regali dal marito morto o dagli abitanti di Filaccione, che lei aveva salvato nel raccontare loro della Signora Chiara? Ma subito il pensiero andò altrove: Don Giorgio che avrebbe pensato di lei se avesse saputo dei regali ricevuti in cambio del tempo con la Signora Chiara? Distolse il pensiero da quell'imbarazzo, sarebbe bastato non parlargliene. Ora era necessario concentrarsi su come sbarazzarsi della donna.

Giunta di fronte alla casa, si passò le mani sulla gonna come a voler spianare le grinze non solo del lino, ma anche del suo animo. Bussò e la Signora Chiara le aprì la porta con un sorriso. La invitò a entrare e l'ospite guardò in basso mentre cercava le parole che stava per dirle. Sul tavolo della cucina, la Signora Chiara dispose una crostata di amarene e crema pasticcera da poco sfornata, e così si girò di spalle per preparare il caffè. Non avere i suoi occhi azzurri addosso aiutò la Vedova a parlare.

«Cara, perché non andiamo alla stazione dei treni? Ha detto sempre che avrebbe voluto viaggiare, andarsene da questo paesino al limite del mondo. Bene, vorrei aiutarla a farlo.»

La Signora Chiara si voltò con la caffettiera in mano ancora vuota: nessuno le aveva mai chiesto di andarsene.

«Vorrei andarmene, ha ragione. Ma Antonio ha bisogno di me, non potrei mai lasciarlo solo.» Poggiò la moka e incrociò le braccia. La Vedova non si aspettava quella risposta.

«Ma cosa dice? Suo marito è… be'… insomma… a suo marito non interessa, ecco. Può andarsene davvero, ci ho parlato io.»

La Signora Chiara trattenne un risolino. «E lei che ne sa di mio marito? Lui mi vuole qui. Ci ho provato a dirgli di andarcene, di viaggiare, di portarmi per mare. Ma non c'è stato niente da fare.»

La Vedova divenne impaziente. Stava per dirle che il marito era morto, quando udì delle nocche familiari bussare alla porta. "Gioacchino", pensò tra sé e sé.

La Signora Chiara aprì, e rimase interdetta nel vedere Gioacchino d'un tratto, di nuovo, adulto e senza un occhio. Lui invece non fece caso alla donna e cominciò a chiamare il padre. Gli energumeni entrarono anche loro, seguendo Gioacchino di stanza in stanza. «Oh Madonna, e questi chi sono ora?» chiese la Signora Chiara senza rivolgersi realmente a nessuno. La Vedova si prese la testa tra le mani e pensò di impazzire. Ma come era rimasta invischiata in una situazione così assurda? Si chiese.

«Gioacchino, tuo padre non c'è, non è qui, vattene ti prego» gli urlò la Vedova dalla cucina.

«Papà» continuava a chiamare il ragazzo dalla sala. Si era poi avviato verso il bagno, aveva immerso la testa nel gabinetto battezzandosi, per poi tornare a chiamare il padre. La Signora Chiara si era coperta la bocca con le mani, ancora chiedendosi cosa mai fosse successo a quel ragazzo tanto bello.

«Signora Chiara, andiamo alla stazione dei treni» disse di nuovo la Vedova incurante di Gioacchino e degli energumeni.

«Ma quello è Gioacchino! Il figlio del Signor Morbidelli! Madonna Santa ma che gli è successo?» chiese la Signora Chiara questa volta rivolgendosi alla sua ospite.

La Vedova stava per mettersi a urlare, quando il Signor Morbidelli, con le pupille dilatate e rosso di collera, entrò in casa dalla porta lasciata aperta.

Vide la Signora Chiara ancora ferma davanti all'uscio e le si scaraventò contro. Le afferrò il collo con entrambe le mani, mentre la poveretta si dimenava senza capire. La spinse dall'ingresso fino alla cucina, dove la Vedova Rinaldi era rimasta immobile, incerta se fermare o meno la furia omicida del Signor Morbidelli.

«Papà» urlò Gioacchino dalla stanza accanto. Il Signor Morbidelli esitò, lasciando la presa, mentre la Signora Chiara tossì l'aria che le era mancata per poi inspirare a pieni polmoni. Gli energumeni entrarono in cucina e ci trovarono la Signora Chiara in lacrime e il Signor Morbidelli fuori di sé.

«Andate via, fuori!» urlò il Signor Morbidelli.

«Ma Gioac…» provò a dire una delle due guardie del corpo, ma il nobiluomo lo incalzò: «Fuori ho detto! Fuori!» e questi se ne andarono, chiudendo la porta d'ingresso dietro di loro. Le urla del Signor Morbidelli avevano richiamato Gioacchino in cucina.

«Papà!» esclamò con sollievo.

Il padre posò lo sguardo prima sui capelli bagnati e poi verso il suo solo occhio.

«Signor Morbidelli ma che è successo al povero Gioacchino?» la Signora Chiara aveva già dimenticato quanto accaduto poco prima.

Il Signor Morbidelli si voltò verso la donna pieno di astio, e di nuovo le portò le mani al collo nel tentativo di strangolarla. Dopo la serenità durata il tempo di uno sguardo, Gioacchino si agitò.

«Papà ti salverò io», gridò ma il padre non si girò questa volta. La Vedova Rinaldi era rimasta seduta, guardando a destra e sinistra il figlio che urlava, il padre che strangolava la Signora Chiara mentre si dimenava.

«Vi salverò tutti. Papà! Papà! Papà!» urlò Gioacchino, e si cavò l'occhio sinistro.

Fu forse la pressione del sangue che salì al punto da danneggiare gli occhi già compromessi del Signor Morbidelli. Fu forse che certe cose un padre non dovrebbe vederle più di una volta. Fu forse il diabete che, con tempismo formidabile, rivendicò gli occhi già malati. Il Signor Morbidelli vide l'occhio a terra solo per una frazione di secondo, e poi divenne del tutto cieco. Quasi non si sorprese quando, nel chiudere le palpebre ripetutamente, non riuscì a distinguere alcunché: la cecità era una sentenza che aveva già accettato nel tragitto tra lo studio del dottore e la casa della Signora Chiara. Attraverso il buio padre e figlio si cercavano a tentoni, mentre la Vedova Rinaldi tremava senza parole e la Signora Chiara si chiedeva cosa mai stesse accadendo e perché le facesse male il collo. I due si trovarono e si abbracciarono, piangendo l'uno sull'altro come mai avevano fatto prima. Ora, entrambi ciechi, si vedevano e si perdonavano per non essere stati quel che avrebbero voluto essere, e si abbracciavano, perché avevano fallito in tante cose, ma non nell'amore che ora li legava, più forte di quanto non fosse mai stato prima.

Fu in quel momento che la Vedova Rinaldi si alzò dalla sedia e rivolse lo sguardo in basso verso quel coacervo di braccia, lacrime, sangue e amore che univano padre e figlio. L'immagine le apparve come una goffa imitazione dell'*Ulisse e Telemaco* di Doucet. Si accorse allora delle scarpe di Gioacchino. Quante volte le aveva viste ai piedi incrociati sul tappeto, mentre il Signor Antonio moriva davanti al televisore? E che ci facevano ora ai piedi di Gioacchino? Smise di tremare, e in un'intuizione, capì con freddezza il da farsi. Così mentre i due piangevano abbracciati, si chinò su Gioacchino e gli slacciò una scarpa. Il ragazzo, in preda a tante emozioni diverse, nemmeno si accorse delle dita della Vedova su di lui. La donna sfilò il laccio e si rivolse verso la Signora Chiara che, sbigottita, era rimasta in piedi davanti al tavolo a guardare i due abbracciati, cercando di dare un senso a quella scena. La Vedova Rinaldi scivolò dietro le spalle della Signora Chiara e così, tenendo il lungo laccio teso con entrambe le mani, glielo avvolse intorno al collo e strinse la presa.

Il tempo si era dilatato. Attenta a non lasciar andare la poveretta, la Vedova impugnava il laccio con la fronte sudata e aggrottata. Ebbe paura di cedere, di non riuscire a sostenere lo sforzo, mentre la Signora Chiara si dimenava e così tirò più forte, senza esitazioni, finché quel tempo dilatato sembrò contrarsi. Capì che le sarebbero bastati ancora pochi secondi perché sopraggiungesse la morte e come lo realizzò, lasciò andare il laccio.

La Signora Chiara si scaraventò in avanti, con una mano poggiata al tavolo a sorreggerla e l'altra alla gola, come a voler verificare che il collo intero fosse ancora lì. La Vedova era diventata pallida: sul volto un'espressione inorridita. Rimase con gli occhi sbarrati verso la Signora

Chiara, che ora si girava verso di lei, la guardava mentre tremava e piangeva. Poco dopo scappò fuori nella strada, lasciando la Vedova Rinaldi con lo sguardo perso verso la porta e il laccio stretto in una mano. Molte domande inondarono la mente della Vedova Rinaldi. Cosa aveva pensato di fare? Cosa aveva sperato di ottenere sbarazzandosi della Signora Chiara? Avrebbe voluto essere felice con Don Giorgio, in un tempo nuovo, senza più un passato dove rifugiarsi. Aprì il pugno, il laccio cadde a terra. I muscoli del corpo si rilasciarono per poi contrarsi in spasmi ripetuti, come non riuscissero a disfarsi della tensione esercitata. La Vedova si accasciò su stessa per poi sedersi a terra, con le mani affusolate tra i capelli e gli occhi ancora sbarrati verso il pavimento. Cosa pensava? Che sarebbe stata felice? Non sapeva forse che Don Giorgio era sì un codardo, ma non un bugiardo e un manipolatore come lei? Cosa avrebbe detto a Don Giorgio? A quell'uomo onesto? Che aveva ammazzato la Signora Chiara? Strinse gli occhi, si chiese che persona fosse diventata. Sembrò dimenticarsi del Signor Morbidelli abbracciato al figlio. Sembrò dimenticarsi del marito morto e poi rimpianto. Sembrò dimenticarsi di tutta quella storia assurda. Era rimasta sola con se stessa, senza le illusioni del passato né quelle del futuro: sola con la Vedova Rinaldi. Lentamente si alzò da terra, e con passo incerto si portò verso la porta. Fuori, una folla si era raccolta attorno alla Signora Chiara, che piangeva ma senza ricordare di avere dei segni sul collo che non sapeva spiegare. La Vedova uscì e fu come invisibile, perché tutti erano rimasti ipnotizzati dall'immagine della Signora Chiara e dai lividi rossi sul collo. Un brusio si impossessò delle strade e più gente accorse. Qualcuno, vista la porta di casa lasciata aperta, si spinse dentro, per poi gettare un urlo alla vista di Gioacchino a terra, abbracciato a suo padre, e con il volto coperto di sangue.

18

Don Giorgio accorse trafelato. La Vedova Rinaldi era rimasta immobile fuori dalla casa. Nel vederla lì ferma nella folla, il prete ebbe l'impressione che il mondo si fosse fermato, che non ci fosse più caos, che tutto il male sulla terra sarebbe sparito se fossero rimasti insieme. Pensò che non dovesse più rimpiangere nulla: avrebbe potuto cominciare a vivere davvero con lei, al suo fianco. Così prese tutto il coraggio che per anni non aveva trovato e le si avvicinò.

«Cara» disse senza guardarla. Era la prima volta che le si rivolgeva così.

Alzò lo sguardo ma senza intercettare il suo, sperso e lontano.

«Non c'è più tempo da perdere nel passato, andiamo…»

«Shhhh» lo interruppe bruscamente lei.

Il parroco rimase interdetto. La Vedova scosse la testa più volte e gli disse sottovoce di stare zitto, che non sapeva di che parlava. L'uomo non capì, e d'un tratto si sentì perso. Tese il braccio come per avvicinarla, per tenerle di nuovo le mani, ma la donna si ritrasse. Il coraggio trovato si dissipò in un istante, lasciando Don Giorgio senza più parole e con le lacrime agli occhi.

«Tu ti illudi.» Disse lei senza fiato, con le mascelle strette e lo sguardo fisso sul prete. Lui riconobbe in quelle parole la stessa cattiveria di chi si rivolge a sé e non all'interlocutore. Era la stessa che tante volte aveva visto sprigionarsi nel confessionale: una rabbia cieca, diretta verso se stessi. Capì che la Vedova si odiava e soffrì nel vedere la sua sofferenza. La donna non aggiunse altro e si allontanò, senza fretta. Sentiva lo strazio arrecato da un lutto diverso: questa volta non aveva perso il marito, ma aveva per sempre rinunciato a illudersi di essere diversa, una persona migliore, perché anche in futuro le sarebbero tornate in mente le sue mani che stringevano un laccio. Scomparve tra la folla e da quel giorno in poi nessuno la vide più per le strade di Filaccione.

Dopo il pomeriggio in cui la Signora Chiara fu trovata con i segni alla gola, nelle strade di Filaccione si mormorò di tentato omicidio.

«Il Guercio la stava per ammazzare ma il padre lo ha fermato», «Quel pazzo di Gioacchino! Si è levato il laccio della scarpa e l'ha strangolata!», «Dovrebbero lasciarlo marcire in galera!», «Ma non accadrà mai, non sai di chi è figlio?», « Non si è mai visto nessuno lasciato a piede libero dopo una cosa del genere!», «Però la Signora Chiara non ricorda niente e il Signor Morbidelli ovviamente nega tutto, non è così semplice», «Andrebbe ammazzato quel Guercio maledetto», «Si è già cavato il secondo occhio, si è punito da solo.» Gioacchino fu additato come il pazzo omicida di Filaccione. Alla sua vista, i genitori avvicinavano i figli per sussurrare loro di tenersi distanti. Tutti parvero turbati dalla follia di Gioacchino. Tutti, tranne il Signor Morbidelli.

Dopo che Gioacchino si era cavato l'unico occhio rimastogli, il Signor Morbidelli era restato a terra, abbracciato al figlio. Non lasciò la presa quando la Signora Chiara corse verso la porta, né quando la Vedova si accasciò a terra per poi rialzarsi e andarsene inorridita e senza fretta. Non lasciò la presa nemmeno quando i curiosi entrarono in casa, gridando all'orrore. Il Signor Morbidelli, nello scoprirsi cieco, si era sentito vulnerabile, quasi difettoso, e in questo più simile al figlio. Per la prima volta aveva accettato la vulnerabilità, e si era trovato a pensare alle parole del Signor Antonio. Non voleva più vivere nel passato, quello che aveva abbellito nelle conversazioni con la Signora Chiara. Voleva vivere fintanto che poteva, con chi amava. Amare era un concetto che non aveva mai compreso appieno. Eppure, gli parve di capirlo meglio in quel giorno, in cui amore e vulnerabilità sembrarono concetti inscindibili l'uno dall'altro. Avrebbe voluto dirlo al figlio, raccontargli tutti i pensieri mentre sentiva il cuore gonfio e non sapeva se ridere, piangere o urlare. Ma fu troppo, quindi rimase in silenzio con Gioacchino tra le braccia e un sorriso sulle labbra.

Molti anni dopo, sul letto di morte, il Signor Morbidelli ripercorse la sua vita: rivide il volto della moglie coperto dal velo merlettato il giorno del matrimonio, sentì di nuovo l'odore della terra che ne coprì il corpo nudo e senza vita anni dopo. Si trovò nell'abbraccio del figlio sul pavimento della Signora Chiara, rivide i battesimi nelle latrine, ma questa volta senza soffrirne. Ricordò l'inaugurazione della sua casa dolciaria, i biscotti Morbidelli e le carte ammucchiate nelle tasche. Pensò che infine, quell'esistenza aspra gli avesse serbato attimi di gentilezza e di incredibile bellezza. Seppur molto diversa da come l'aveva immaginata, passò la vita con il suo unico figlio, che divenne il suo porto, la sua àncora, e la sua famiglia. Pensò che probabilmente non era stata una vita felice, ma si sentì contento e sorrise nel ricordare il Signor Antonio e quel che gli aveva detto. La sua vita era stata vera e vissuta, e migliore di qualsiasi farsa. Negli anni dopo la sua morte, Gioacchino continuò a parlare da solo e a credersi il *messia* fino all'ultimo giorno, quando ormai delirante vide di nuovo la luce e morì nel guardarla.

19

Il giorno in cui la Vedova se ne andò, Don Giorgio rimase con gli occhi sulla sua sagoma finché quella si dissolse nella folla. Così osservò gli abitanti di Filaccione a uno a uno. Li conosceva tutti ormai, eppure in quel momento gli parvero degli estranei. Lui stesso si sentì estraneo. Gli sembrò di potersi osservare da fuori e sentì di non esistere, come se qualcun altro fosse rimasto lì a vivere la sua vita.

Paradossalmente, quel senso di estraneità gli apparve familiare. Quanto tempo era che parlava, ascoltava e si muoveva nella sua vita come un fantasma? Da quanto recitava quella parte? Ebbe l'impressione di essere fuori posto e si stupì nel capire che era così da molto, ma non aveva mai dato spazio a quelle elucubrazioni. I suoi pensieri lo spaventavano, spiegò a se stesso senza più sorprendersi. Quando arrivò davanti al portone del sagrato, decise: se ne sarebbe andato. Fu così che raccolse le sue poche cose, quel che era rimasto di una vita bugiarda, e si tolse l'abito da prete. Lo lasciò piegato sul letto, come un ricordo ben disposto a cui non sarebbe tornato. Capì che non aveva amato quei posti, né la sua parrocchia e né Filaccione, che gli erano estranei tanto quanto lui era estraneo a se stesso. Passò la sera a scrivere lettere di commiato indirizzate alle poche persone che avrebbe lasciato indietro: il Vescovo che gli aveva assegnato l'incarico, la Vedova che aveva amato e la Perpetua che non lo avrebbe trovato l'indomani. Infine, prese le forbici e si tagliò la barba incolta su cui tante volte aveva passato il palmo, in preda all'imbarazzo. Gli ci volle del tempo per ottenere una lunghezza millimetrica e omogenea su tutto il viso. Si guardò allo specchio e riscoprì i lineamenti angelici che negli anni aveva coperto, quasi si vergognò della sua stessa bellezza mentre si guardava le labbra carnose che aveva nascosto fino ad allora. Il mattino seguente si svegliò di buona lena e senza guardarsi indietro, senza scambiare addii, si avviò verso la stazione dei treni.

La via era ancora deserta e si sentì sollevato, voleva solo arrivare a destinazione quanto prima senza farsi notare. Sotto l'insegna annerita della stazione di Filaccione, trovò la Signora Chiara. Dopo essere uscita in strada, la donna aveva tremato, pianto e singhiozzato. Il terrore sul suo volto era stato breve, perché dopo pochi minuti l'aveva scordato tornando placida. Gli abitanti di Filaccione le chiesero cosa fosse successo, ma non seppe dare alcuna spiegazione. Parve sorpresa quando due uomini in uniforme la interrogarono su eventi per lei mai avvenuti e pensò che fossero impazziti. Trascorse poco meno di un'ora, il tempo che servì alla polizia per non ottenere alcuna spiegazione plausibile né dalla Signora Chiara, né dal Signor Morbidelli o dal figlio pazzo. La Signora Chiara sentì le sirene dell'ambulanza avvicinarsi senza capire cosa stesse accadendo. La polizia cercò di convincere la donna a ricevere delle cure mediche, ma lei ribadì che era in salute e che non aveva bisogno di niente. Poco dopo, vide il Signor Morbidelli e il figlio cieco sporchi di sangue uscire a tentoni dalla sua stessa casa. La folla intera emise un sussulto alla vista di quella scena grottesca. Furono forse le sirene dell'ambulanza, il sangue secco sulla pelle del Signor Morbidelli o le orbite vuote di Gioacchino, ma la Signora Chiara andò in uno stato di agitazione. Pensò che non avrebbe voluto morire così e che ci fosse ancora della bellezza in lei. Così lasciò gli uomini in uniforme e la folla curiosa rientrando in casa. Il collo le faceva male e la sensazione la turbava. Cosa le stava accadendo? Stava forse invecchiando? Stava forse morendo? Sarebbe morta senza aver visto il mondo, lì sola in casa, in attesa del marito di ritorno dal letto di una prostituta. Era ormai tardi e la donna si addormentò inquieta. Il mattino seguente si svegliò indolenzita e si diresse verso lo specchio. Non si spiegò i segni sul collo, ma quella vista la rese nervosa. Quando riuscì a distogliere l'attenzione da quel mistero, si osservò il volto e si scoprì anziana, più di quanto non avesse creduto di essere. Con le mani deformi si toccò prima le labbra sottili e poi gli occhi, pensò che quegli zaffiri blu fossero quanto di più bello le fosse rimasto. Così aprì l'anta dell'armadio e vide la sua figura intera riflessa nello specchio nascosto al suo interno. Si spogliò con lentezza e decise che era tempo di andarsene. Tirò fuori un vestito turchese di taffetà che non metteva da anni. Infilò le caviglie sottili nell'abito e, con qualche difficoltà, lo tirò sopra i fianchi. Le andava stretto in vita, ma trattenne il respiro e così riuscì a chiudere i bottoni di madreperla davanti al busto. Era bella, si disse. Prese la valigia e gettò all'interno il poco vestiario e i pochi averi. Non trovò le scarpe buone, senza sapere di averle lasciate alla stazione durante la sua ultima fuga. Allora si mise quelle vecchie e pensò che le calzature non fossero poi importanti, doveva andarsene e alla svelta.

«Me ne vado» urlò sulla soglia di casa, dopo aver preso delle banconote stropicciate dal cassetto dell'ingresso, senza sapere se il marito fosse già tornato, se fosse al bordello o se giacesse morto in una cella frigorifera. Non passò per la cucina, e così non vide il sangue di Gioacchino secco sul pavimento. Non prese le chiavi e chiuse la porta dietro di sé, senza guardarsi indietro.

Il paese era ancora sopito, solo un paio di passanti la videro in strada con la valigia in mano. Non si allarmarono, perché avevano già assistito a quella scena nelle settimane prima. Così camminò finché i piedi artritici le fecero male; gli occhi le si riempirono di commozione al pensiero che finalmente se ne sarebbe andata. Don Giorgio non la salutò quando la vide, giacché sapeva che la Signora Chiara non si sarebbe ricordata di lui. Il prete notò il vestito turchese che non le aveva mai visto addosso, i capelli raccolti, i piccoli occhi azzurri persi e vivi, e i segni sul collo a cui prima non aveva fatto caso. Gli sembrò che la donna potesse avere la stessa età di sua madre. Pensò che fosse fragile e sola, e che non l'avrebbe lasciata a Filaccione.

La Signora Chiara si avvicinò alla biglietteria, dove un pallido Signor Giovanni arricciò i baffi e le chiese dove fosse diretta. Prima che lei potesse dire che non lo sapeva, prima di perdersi nel suo oblio, Don Giorgio si fece avanti, disse che la Signora era con lui, e prese due biglietti. Al Signor Giovanni servirono alcuni secondi per riconoscere il prete privo di barba, ma si sentì sollevato nel sapere che la donna avesse un accompagnatore e non chiese spiegazioni. La Signora Chiara sorrise. Don Giorgio le disse che era un amico del marito e che sapeva perché se ne andava. Il prete provò tenerezza per la donna vulnerabile che aveva deciso di portare con sé. Così le disse che era tempo di tornare in un posto che una volta aveva chiamato *casa*, lasciata alla volta di una vita diversa, poi scoperta estranea. Disse che non avrebbe più trovato i suoi genitori ad aspettarlo, che tanto era cambiato da quando se ne era andato e che non sapeva se quei posti sarebbero stati ancora più estranei dei luoghi di adesso, ma che bisognava tentare e tornare, che la vita era un'occasione unica e che bisognava avere il coraggio di viverla. Seguì un silenzio breve, in cui le offrì il braccio. La Signora Chiara annuì, seppur confusa, e lo seguì verso la banchina con gli occhi celesti pieni di lacrime.

Il treno giunse in stazione e l'aria si impregnò dell'odore acre dei freni. Sulla banchina, delle persone scendevano dal treno e poche altre vi salivano. In questo viavai di partenze e ritorni, Don Giorgio si chiese cosa spingesse un uomo a rimanere o a partire, cos'è che radica un essere umano a una terra o alle persone. Se gli anni non fossero mai trascorsi, avrebbe potuto ancora sentirsi parte della sua famiglia e del paese lasciato addietro anni prima. Se il tempo non fosse mai passato, forse non avrebbe nemmeno mai voluto allontanarsi da Filaccione, forse sarebbe rimasto nell'entusiasmo dei primi tempi e non avrebbe conosciuto né il rimpianto per chi aveva lasciato indietro, né l'eccitazione nel tenere le mani della Vedova tra le sue. Capì che il tempo con il suo scorrere, costringe a vedere le proprie case crollare, i propri entusiasmi dissiparsi, gli amori svanire e i propri assoluti divenire precari, spingendo alla ricerca continua di nuovi inizi senza capire che non porteranno a esiti dissimili. Eppure, in quel momento, sperò che nel tornare a casa, almeno non si sarebbe più sentito naufrago. Così si fece coraggio e tese la mano verso la sua compagna di viaggio per aiutarla a salire nella carrozza.

L'odore sprigionatosi alla stazione all'arrivo del treno aveva distratto la Signora Chiara. Si dimenticò di Don Giorgio perché all'arrivo del convoglio dei ricordi lontani sgorgarono nella sua mente, veloci come treni, vividi e tangibili, come se il tempo si fosse addensato e potesse essere allo stesso momento sia presente che passato. Rivide il vestito bianco d'organza di un'estate lontana, la promessa racchiusa in un sì pronunciato con voce spezzata, la mano tremante che offrì all'uomo che per sempre avrebbe amato. Sentì di nuovo la gioia vera dei primi giorni trascorsi nella loro casa, il fischio del treno che da lontano la raggiungeva mentre cucinava. Provò la felicità ingenua di chi può ancora inventare il futuro. Poi ripensò al marito assente, alle bottiglie di vino tracannate e alle bugie dette a se stessa per sopravvivere alla solitudine, e così chiuse gli occhi, perché il ricordo di quei giorni le sembrò così vero, da poterlo vedere ma non sopportare. Quando riaprì le palpebre di cartapesta, si scoprì confusa, senza sapere dove fosse il marito o dove fosse lei. Si guardò attorno e riconobbe la stazione, eppure senza capire come si trovasse su quella banchina di fronte a un treno fermo. Un uomo le porgeva la mano come per aiutarla a salire sul vagone. Non riconobbe in quella figura estranea la persona di Don Giorgio. «Oh Madonna ma che ora è, devo andare, mio marito mi aspetta», trasalì la Signora Chiara mentre confusa si guardava intorno, incerta su come fosse finita alla stazione di Filaccione. Don Giorgio provò a calmarla e a dirle che sarebbe andato tutto bene, che era ora di andarsene, ma lei parve agitarsi ancor di più. Il Signor Giovanni aveva seguito i due con lo sguardo dalla biglietteria, e alla vista della Signora Chiara che smaniava mentre chiedeva dove fosse, sbuffò. Don Giorgio capì che la donna non sarebbe andata via se non con la forza, e non fu sicuro che trascinarla sul treno sarebbe stata la cosa giusta da fare. Con amarezza, ritrasse la mano che aveva lasciato protesa verso di lei. La Signora Chiara voltò le spalle al prete e si avviò verso l'uscita della stazione con andatura incerta per via dei piedi doloranti. Il Signor Giovanni aveva alzato la cornetta del telefono, tuttavia ancora in dubbio se chiamare o meno l'ambulanza.

Il treno fischiò, Don Giorgio era salito sulla carrozza, seguì con gli occhi quell'essere minuto avvolto in un abito turchese, fin quando la figura esile sparì dalla banchina. Il bigliettaio vide la Signora Chiara tornare sola verso l'ingresso e uscire in strada attraverso la porta scrostata della stazione. Sollevato nel vederla allontanarsi, tirò un sospiro e abbassò la cornetta.

Come lasciò Filaccione, Don Giorgio sentì le viscere contrarsi prima dall'amarezza data dalla vista di quella donna imprigionata nel passato e poi dall'emozione: tornava a casa. E allora si auspicò che il tempo smettesse di trascorrere in quel preciso istante anche per lui, così da rimanere per sempre imprigionato nella trepidazione di una partenza.

La Signora Chiara sentì il treno allontanarsi e si voltò per un istante verso la stazione. E se fosse partita? Si domandò. E se invece andarsene non avesse portato alcun sollievo? Si chiese subito dopo. Pensò che forse sarebbe stato meglio immaginare, come aveva fatto fino ad allora, che almeno nella sua fantasia avrebbe saputo di un posto lontano dove la vita non delude, mentre prendere quel treno avrebbe potuto confermare che non c'è un luogo geografico che porti tale consolazione. E mentre ripensava alla gioia dei primi tempi di matrimonio e il petto le si gonfiava di una dolceamara sensazione, una voce alle spalle la distrasse. «Signora Chiara?» il gioielliere, che aveva dato un passaggio a un conoscente alla stazione, aveva intravisto la donna dalla macchina e come quella si girò, uscì dalla berlina color panna per andarle incontro. «Buongiorno Signora» chinò il capo in segno di saluto. Notò l'abito di taffetà e i segni sul collo. «Posso darle un passaggio?» la Signora Chiara aveva i piedi indolenziti e accettò senza indugi. «Grazie Ragionier Lecis, lei è sempre così gentile. Valerie è una donna fortunata! Quando si deciderà a sposarla?» Un timido sorriso apparve sulle labbra del gioielliere, che con un'espressione serena distesa sulle guance molli si girò verso la macchina e aprì la portiera. Il sole batteva su Filaccione, la Signora Chiara salì sulla vettura e, con i piccoli occhi azzurri sulla via, continuò a parlare del passato e della bellezza lì rimasta.

Non riesco più ad amarti ed allontanarmi ogni volta che mi ferisci. Le nostre fughe e i ritorni mi hanno consumata. E proprio ora che sono pronta a dirti addio, mi chiedo se saprai fermarmi e chiedermi di rimanere per noi. O se, ancora una volta, mi lascerai andare. Ma questa volta, amore mio, sarà per sempre. Non so più cosa fare per vincere le tue perplessità, se non andarmene e darti retta: non c'era da fidarsi di una come me. Me ne andrò e aspetterò anni, finché non rimarrà il ricordo sbiadito di una giovinezza passata insieme. Finché ti illuderai di saper amare di nuovo, finché saprò illudermi anch'io, finché il nostro amore sarà uno spettro passato senza carne o colore, e noi crederemo davvero di non appartenerci più. Eppure, ora, puoi chiedermi di rimanere e se lo farai mi fermerò con te. Rimarremo qui a costruire insieme i giorni futuri. Non ti prometto che sarà semplice, ma ti assicuro che ne varrà sempre la pena. Altrimenti lasciami andare, e prenditi la vita semplice e stupida che sembri tanto desideroso di vivere. Devi decidere se sarà abbastanza, o se un giorno ti sveglierai per capire che nulla sarà valso la pena senza di noi.

Ora che mi preparo a piegare gli abiti nelle valigie, penso che forse le tue remore non fossero irrazionali. Io posso scegliere di rimanere così come so scegliere di lasciarti. E credimi che se sto andando via è perché non mi stai dando alternative. Sto materializzando tutte le tue paure, non è vero? «Sono un codardo» hai detto un pomeriggio mentre passeggiavamo. Io non ti ho creduto e ho riso, pensando scherzassi. Tu invece sei rimasto serio. Come potrebbe un uomo così incredibile, così bello e brillante, essere un codardo? È come se le tue virtù, escludessero la possibilità di una tara così grande. Invece avrei dovuto crederti. Non è forse per codardia che non sai trattenermi? Perché la paura è sempre stata più forte del tuo amore? Se non trovi il coraggio nemmeno ora che potrebbe essere l'ultima, allora lasciami andare. Passerò una vita a pensarti, a illudermi che fossi colui per cui sarebbe valso tutto, anche il mio amore. Ti ricorderò migliore, non come il vigliacco che non avrei mai voluto al mio fianco, ma come l'uomo eccezionale che mi ha fatto innamorare con il suo spirito indomabile. Ricorderò le tue mani ruvide a cingermi la vita, l'odore del mare sulla tua pelle olivastra, il tuo angioma rosso purpureo come un piccolo cuore sulla guancia, lì a ricordare la dolcezza che ti ostini a nascondere con la tua caparbietà. E quando il dolore diventerà più acuto, avrò un posto in cui posso rifugiarmi. Nella mia memoria c'è un luogo luminoso: siamo noi che ci tiriamo addosso secchiate d'acqua, sei tu che mi prendi le braccia per fermarmi mentre ti bagno, e mi abbracci, e ridi e ridi ancora. Se deciderai di lasciarmi andare, allora cercherò lì riparo, in un giorno di giugno, in cui abbiamo conosciuto la speranza e l'amore e anche solo per questo, amore mio, la vita sarà valsa la pena.

Indice

www.ingramcontent.com/pod-product-compliance
Lightning Source LLC
Chambersburg PA
CBHW010429120726
47992CB00010B/3385